AtV

Lenka Reinerová wurde 1916 in Prag geboren. Seit 1936 arbeitete sie als Journalistin für die Arbeiter-Illustrierte-Zeitung. 1938 floh sie nach Frankreich, wo sie als Emigrantin interniert wurde. Über Marokko entkam sie nach Mexiko. Nach Kriegsende kehrte sie mit ihrem Mann, dem Schriftsteller und Arzt Theodor Balk, nach Europa zurück, lebte einige Jahre in Belgrad und seit 1948 wieder in Prag. Anfang der fünfziger Jahre wurde sie ein Opfer der stalinistischen Säuberungen, verbrachte fünfzehn Monate in Untersuchungshaft, wurde danach mit ihrer Familie in die Provinz abgeschoben und erst 1964 rehabilitiert. Nach dem Ende des Prager Frühlings erhielt sie Schreibverbot, wurde aus der Partei ausgeschlossen und verlor ihre Arbeit in einem Verlag. Sie lebt in Prag. 1999 erhielt sie als erste den Schillerring der Deutschen Schillerstiftung.

Zuletzt erschienen die Erzählungssammlungen: »Das Traumcafé einer Pragerin« (1996), »Mandelduft« (1998) und »Zu Hause in Prag – manchmal auch anderswo« (2000).

Lenka Reinerovás Geschichten sind eine Schule in der Wahrnehmung des Guten, Schönen und Freundlichen. Der Schlüssel, den sie uns dafür in die Hand gibt, heißt Wertschätzung des Alltags und Aufmerksamkeit in jeder beliebigen Situation, gegenüber jedem winzigen Detail. Ob sie nun in »Tragischer Irrtum und richtige Diagnose« noch einmal von ihren Gefängnisaufenthalten oder zum ersten Mal von ihrer Krebserkrankung erzählt, ob sie von dem schweren Besuch in Theresienstadt berichtet, von wo ihre Familie deportiert wurde (»Kein Mensch auf der Straße«), oder ob sie wunderliche Bekanntschaften während eines Urlaubs schildert (»Mandelduft, Piratentuch und grüne Ringe«) – ihre Geschichten vermitteln eine ernste Zuversicht, daß man auch lebensbedrohliche Situationen bewältigen kann, wenn man sich nicht aufgibt und die Fünkchen Freude im Alltag sammelt.

»Manchmal ragen Monolithen des Gewesenen in unsere Wahrnehmung herüber, so kommt es auch, dass es noch immer die deutschsprachige Prager Literatur gibt, als wahrhaftiges Lebewesen: In Prag lebt und schreibt Lenka Reinerová.«
Süddeutsche Zeitung

Lenka Reinerová

Mandelduft

Erzählungen

Aufbau Taschenbuch Verlag

ISBN 3-7466-1781-2

1. Auflage 2001
Aufbau Taschenbuch Verlag GmbH, Berlin

Einbandgestaltung Torsten Lemme
unter Verwendung eines Ausschnitts aus dem Foto
»Prag, Karlsbrücke im Nebel« von G. Hartmann, IFA-Bilderteam
Druck Elsnerdruck GmbH, Berlin
Printed in Germany

www.aufbau-taschenbuch.de

Inhalt

Kein Mensch auf der Straße
7

Tragischer Irrtum und richtige Diagnose
39

Mandelduft, Piratentuch und grüne Ringe
115

Kein Mensch auf der Straße

Der Morgen war schön. So schön, als wollte er einen der Tage einleiten, die gleich Glockenschlägen lange in uns nachklingen. Ein nahezu italienisch blauer Himmel wölbte sich über die Flußbrücken, und das Moldauwasser glitzerte fröhlich, als würde es noch durch Wiesen und nicht durch eine Großstadt mit all ihrem Unrat, üblen Gerüchen und lärmendem Getöse fließen.

Ein solcher Morgen ist geradezu beschwingend. Ich mußte zwar »in die Stadt gehen«, wie man in Prag zu sagen pflegt, wenn man sich in das Stadtzentrum begibt, hatte aber ansonsten einen beinahe ganz freien Tag vor mir. Erst in den Abendstunden erwartete mich eine Dolmetscherarbeit, deren Thematik ich beherrschte, so daß ich mich nicht sonderlich vorzubereiten brauchte. Daß sie beunruhigend und herzbeklemmend sein würde, versuchte ich in der heiteren Morgenstunde aus meinem Kopf zu verdrängen.

Die Straßenbahn, in die ich einstieg, war ganz mit Maiglöckchen bemalt, die zum Genuß eines hauchfrischen Kaugummis aufforderten. Im allgemeinen ärgern mich diese zu Reklamefahrzeugen umgestalteten Verkehrsmittel. Es gefällt mir nicht, mich in einem vollgestopften Wagen durchzuwinden, an dessen Außenwänden schlanke Mädchenbeine unbehindert wippend für Strumpfhosen werben, oder gar in einen mit Wüstensand bemalten Kasten einzusteigen, auf dem ein Kamel – was denn auch sonst – für Camel-Zigaretten Propaganda macht. Diesmal gelang es mir, diesen Unfug einfach zu übersehen.

Die Stadtmitte bot das übliche Bild, genauer gesagt, das in den letzten Jahren übliche, an Überraschungen reiche Bild. So entdeckt man als Prager Bürgerin zum Beispiel eine neue Bankfiliale dort, wo man bislang Fische kaufte; Jaguarwagen stehen hinter den Glasscheiben einer einstigen Konditorei, und wo bis vor kurzem belegte Brötchen verführerisch dufteten, werden nunmehr mit dröhnender Rockmusik berieselte T-Shirts, mit allen erdenklichen und unerdenklichen Emblemen verziert, aus den USA, Singapur und China angeboten. Tempora mutantur.

Aber an jenem Morgen, von dem hier die Rede ist, konnte mir all das nichts anhaben. Gleich beim Aufwachen hatte ich mir fest vorgenommen, den Tag tunlichst unbekümmert zu verbringen, um dann die schwierigen Abendstunden gut bewältigen zu können. Wohlwollend betrachtete ich die Häuser, von denen sich immer mehr in neuer Aufmachung zur Schau stellen. Es gibt jetzt fröhlich erbsengrüne, altrosa und zitronengelbe Fassaden, hellrote Dächer lachen einen an, aus jahrzehntelangem Schmutziggrau schälen sich Stukkaturen und anmutige Verzierungen heraus. Und über alledem stand der italienisch blaue Himmel.

In der Eisernen Gasse, die vom Karolinum zum Altstädter Ring führt, fiel mir ein älterer Mann auf, der beim Gehen sonderbar mit den Armen schlenkerte, nach ein paar Schritten immer wieder stehenblieb, sein trauriges Gesicht von einer Seite zur anderen wandte und mit zitternder Hand unsichtbare Kreise in die Luft zu malen schien. Dabei murmelte er lautlos vor sich hin. Was suchte er? Suchte er jemanden? Der unsichere Gang und die fahrigen Bewegungen ließen auf einen Geistesgestörten schließen. Einige Menschen blickten ihm kopfschüttelnd nach. Ein kleiner Junge versuchte ausgelassen, seinen Gang nachzuahmen, was ihm ein paar ärgerliche Püffe seiner Mutter eintrug. Irgendwie paßte der arme Irre nicht in das heitere Straßenbild.

Ich blieb stehen und blickte ihm gleichfalls nach. Hatte die Natur diesem Mann Schlimmes zugefügt oder war ihm von seinen Mitmenschen so Böses widerfahren, daß es ihn für das ganze Leben unaufhaltsam zwang, sich gegen Unsichtbares zu wehren?

Unsinn! Die schwierigen Abendstunden, vor denen es

mir bangte, warfen scheinbar ihre Schatten voraus, zwangen mir derartige Vorstellungen auf. Der Arme war offensichtlich krank, das war es.

Auf dem großen Platz am unteren Ende der Eisernen Gasse stand eine dichte Menschenmenge vor dem alten Rathaus und wartete auf die stündliche Attraktion, wenn sich die beiden Fensterchen über der alten Uhr öffnen, die zwölf Apostel gemächlich vorbeiwandeln, der Geizhals seinen Geldsack schüttelt und der Tod mit dem bleichen Knochenschädel wackelt. Dann kräht der Hahn über dem schwer lesbaren astronomischen Zifferblatt, und der ganze Spuk ist für eine weitere Stunde vorbei.

Den Verrückten hatte ich inzwischen aus den Augen verloren.

Adam und Eva, die beiden Türme der Teynkirche, das spitze Dach des Hauses Zur Glocke, der noble Kinskipalast – all das schien gleichsam in den italienisch blauen Himmel eingeschnitzt zu sein. Ich lebe – zwar mit beträchtlichen gewollten und ungewollten Unterbrechungen – seit meinem ersten Schrei in Prag und kann mich dennoch, oder vielleicht gerade deshalb, an seiner verträumten, ein bißchen wehmütigen und zugleich tröstlichen, mir so vertrauten Schönheit nicht satt sehen. Und gar an solch einem Morgen!

An der Ecke zur Langen Gasse am rechten unteren Ende des Altstädter Rings streckte mir eine junge Zigeunerin ihre bettelnde Hand entgegen. Sie trug einen großgeblümten Rock, hatte ein grün-rotes Tuch auf dem Kopf und im Arm ein schlafendes Kindchen. Eine Madonna der Straße? Ach wo! Dieser Frau war ich schon an anderen Ecken der Stadt begegnet, hatte sie mit verschiedenen Kindern im Arm oder am Rock gesehen. Wenn man an ihr vorbeigehen wollte, bot sie in einzigartigem tschechisch-deutschem Kauderwelsch »budoucnost weissagen« an. An diesem Morgen wirkte sie auf dem von Touristen bevölkerten Platz wie eine raffiniert arrangierte Figur.

Vielleicht war es das Zigeunerbaby, ganz bestimmt die

Ecke der Langen Gasse, die auf einmal eine Kindheitserinnerung in mir wachrief. Vor dem zweiten Weltkrieg befand sich in dieser Straße der Sitz eines jüdischen Wohlfahrtsvereins. Er hieß Israelische Konfraternität, unterstützte bedürftige Glaubensgenossen und organisierte kulturelle Veranstaltungen, um Geld für seine Wohltätigkeitsaktivitäten aufzubringen. Meine Eltern waren Mitglieder der Konfraternität.

Aus irgendeinem Anlaß, den ich inzwischen vergessen habe, wahrscheinlich war es ein jüdischer Feiertag, wurde einmal eine Kindervorstellung inszeniert, bei der ich mitwirkte. Das war an sich eine Ausnahme, denn meine Eltern beschränkten sich im allgemeinen darauf, regelmäßig ihre Mitgliedsbeiträge zu entrichten, entwickelten jedoch darüber hinaus so gut wie keine Vereinstätigkeit. Sie wollten auf keinen Fall »anders« sein als die Menschen aus dem Haus, in dem wir wohnten, und die Menschen in unserer Straße. Vor allem meine Mutter war geradezu ängstlich darauf bedacht, sich tunlichst durch nichts von ihren Mitbürgern im Stadtteil Karlín zu unterscheiden. Es genügte, so meinte sie, daß sie aus dem deutschsprachigen Saaz in Westböhmen stammte und mein Vater aus dem tschechischen Prag. Schon dadurch fiel man doch auf. Es konnte dem Geschäft schaden und vor allem die Kinder belasten, fürchtete sie, wenn man überdies noch die jüdische Herkunft hervorheben würde.

Wie unnütz und vergeblich erwiesen sich später diese mütterlichen Rücksichtnahmen!

Bei jener Theatervorstellung wirkte ich jedoch, wie schon gesagt, mit. Aufgeführt wurde ein Märchen von Hauff mit dem Titel »Kalif Storch«. Ich muß damals acht oder neun Jahre alt gewesen sein, erinnere mich heute nur mehr vage an den Inhalt des Stücks. Aber daß ich einen Storch spielte, das habe ich nicht vergessen. Zu diesem Zweck zog man mir orangefarbene Strümpfe an und eine kurze weiße Hose und stülpte mir Flügel, einen langen Hals und einen roten Schnabel, alles aus Pappe, über den Kopf. In solch schachtelartiger Verkleidung liefen in jenen Jahren Reklamefiguren aller Art durch die Straßen. (Die Trambahnen waren damals in den Farben Prags, rot und gelb, angestrichen und durften von niemandem und mit nichts bemalt werden.)

Mein Pappkostüm war ziemlich schwer und eng, nur am Hals gab es zwei kleine runde Öffnungen, durch die ich hindurchgucken konnte. In eine Hand drückte man mir eine Schnur, wenn ich an ihr zog, klapperte mein langer roter Schnabel. Das fand ich schön, viel schöner als die wenigen Worte, die ich aus dem Papphals in die Welt piepsen mußte.

»Guten Tag, Frau Langbein. Ich soll heute vor den Gästen meines Vaters tanzen und will das hier ein bißchen einüben.« Nun, man übe einen Tanz mit einem schweren Papphals auf den Schultern!

An das Märchen kann ich mich, wie schon bemerkt, kaum noch erinnern. Ich weiß nur noch, daß ich eine Kollegin, Frau Langbein, hatte. An jenem strahlenden Morgen fiel mir aber nach all den Jahren zu meiner Überraschung plötzlich auch das Zauberwort ein, das dem verhexten Kalif und seinem Wesir ihre menschliche Gestalt wiedergeben konnte: Mutabor.

Warum die jüdische Konfraternität gerade ein arabisches Märchen für ihre Kindervorstellung gewählt hat, ist mir nicht bekannt. Vielleicht war das damals, viele Jahre vor der Errichtung des Staates Israel, nicht besonders bemerkenswert. Als in mir jedoch an jenem Frühsommertag des Jahres 1995 die Erinnerung daran wach wurde, war sie angesichts der inzwischen stattgefundenen unverzeihlichen Geschehnisse um und in Israel wie ein warmes Lüftchen, wie ein Gruß aus einer fernen, vermeintlich unschuldigeren Zeit. Mutabor.

Der Mann mit den schaukelnden Bewegungen und der ruhelos kreisenden Hand hatte mich inzwischen eingeholt, wandte seinen suchenden Blick gleich mir in die Lange Gasse. Ich betrachtete ihn nun etwas genauer. Sollte ich ihm vielleicht schon früher einmal ... War ich doch viele Jahre nach meinem schauspielerischen Klapperschnabeldebüt täglich in diese Straße gekommen, in der ich meine Arbeitsstätte, die

Redaktion der Monatsschrift »Im Herzen Europas«, hatte. Diesem Menschen bin ich aber sicherlich nicht begegnet.

Das Haus Nr. 12, in dem die Redaktion untergebracht war und das der Verlag Orbis für eine große Summe von Grund auf erneuern ließ, stammt aus dem 13. Jahrhundert. Es soll ein Bierausschank oder ein Wirtshaus gewesen sein. Die gotisch gewölbten Kellerräume sprechen für diese Annahme.

An einem Augustmorgen des Jahres 1968, an dem sich wie an diesem Tag ein blauer Himmel über Prag wölbte, den jedoch damals niemand beachtete, schlängelte ich mich keineswegs durch Haufen schaulustiger Touristen über den Altstädter Ring, vielmehr quetschte ich mich zwischen Panzern und sonstigem Kriegsgerät ungebetener sowjetischer Eindringlinge hindurch, entsetzt, empört und zutiefst erregt. Was war da bloß geschehen! Hat es nicht genügt, daß vor Jahren deutsche Faschisten mein Prag besetzt hatten, mußten wir zur Abwechslung nun auch noch von sowjetischen Kommunisten okkupiert werden? In der Langen Gasse, unter den Fenstern unserer Redaktion, hatte ein schweres Geschütz Stellung bezogen. Wir bemühten uns geflissentlich, diesen Metallkoloß zu übersehen, versuchten unter der neuen Gewaltherrschaft so gut es ging in öffentlicher (aber auch durchaus unöffentlicher) Form weiterhin tätig zu sein. Etwa am dritten oder vierten Tag nach der Invasion kam ein Kollege in meinen winzigen Arbeitsraum gestürzt, lachte und rief: »Schau mal schnell hinaus!« Ich rannte zum Fenster.

»Unsere« Besatzer hatten offenbar ihren großen Waschtag. Vom Kanonenrohr baumelten Unterhosen, Socken, drei löchrige Hemden. Der Himmel war blau, ich wünschte mir Regen.

So ergeht es einem, oder, besser gesagt, so ergeht es mir, wenn ich durch Prag laufe und ein italienisch blauer Himmel nicht nur die vergoldeten Kreuze auf den Kirchturmspitzen und die frisch getünchten Stukkaturen an den Häuserwänden aufleuchten läßt, sondern auch hineinleuchtet ins Erinnern an längst und jüngst Gewesenes, an Abgeschlossenes und weiter Offenstehendes, in das, was man selbst getan hat, aber auch das, was einem angetan wurde.

Genug davon. Ich kehrte der erinnerungsträchtigen Langen Gasse den Rücken.

Wie spät ist es? Wann muß ich aufbrechen, um am Abend rechtzeitig in der Dolmetscherkabine zu sitzen? Warum jetzt schon Herzklopfen?

Ich hatte für jenen Tag das Übersetzen bei einem deutschtschechischen Kolloquium in Nordböhmen übernommen. Im Trubel der Vorbereitungen hatten die Veranstalter beinahe vergessen, daß nicht alle Teilnehmer an dem internationalen Gespräch beide Sprachen beherrschen würden. Die Aufforderung an mich erging in letzter Minute. Zum Glück konnte ich noch eine Kollegin dazu überreden mitzukommen. Anspruchsvoll war in diesem Fall nicht das Sprachliche, ich hatte eine unbestimmte Angst vor dem Ort der Veranstaltung und davor, was ich zu hören bekommen würde. Gerade deshalb lag mir daran, bei der Arbeit dort jemanden zur Seite zu haben. Und so war ich froh, daß D., eine perfekte Dolmetscherin und überdies seit sehr vielen Jahren eine gute Freundin, bereitwillig zugesagt hatte, diesen Abend mit mir zu meistern.

Man erwartete uns in Theresienstadt.

Ein Taxi sollte uns dorthin bringen und holte uns auch rechtzeitig am Nachmittag ab. Als wir Prag verließen, war der Himmel immer noch italienisch blau. Ich versuchte den bohrenden Gedanken daran, wohin wir unterwegs waren, zu unterdrücken, wollte die Fahrt durch den Frühsommer genießen.

Bald blieb die Stadt hinter uns. Wiesen, bestellte Felder, ein Wäldchen. In den Dörfern zahlreiche neu herausstaffierte Häuser, frische rote Ziegeldächer, alles recht freundlich, mit meinem inneren Bild vom lieblichen Böhmen übereinstimmend. In den Gärten blühten frühe Sommerrosen, da und dort noch ein verspäteter Fliederbusch. Nur die vielen unübersehbaren Tafeln mit der Aufschrift »Zimmer frei!« an den Zäunen oder vor den Haustüren wollten nicht recht in die ländliche Idylle passen, überschwemmten die Landschaft, waren – soweit man das vom Auto aus übersehen konnte – das auffallendste Merkmal der neu angebrochenen Epoche.

In der Ferne blauten die stumpfen Kuppen der längst verloschenen und längst mehr oder weniger dicht bewachsenen Vulkane Mittelböhmens. Vom Gipfel eines von ihnen, dem legendären Ríp, soll Urvater Čech einst seinem Stamm dieses Land mit fruchtbarem Boden, zahlreichem Wild in den Wäldern und Mengen von Fischen in den Bächen und Flüssen zugesprochen haben.

Gott weiß, warum ich mit einem Mal an den armen Irren mit den suchenden Augen in der Prager Altstadt denken mußte. Auch an die junge Zigeunerin mit dem Kindchen im Arm. Können diese beiden gleich mir Böhmen als ihre liebliche Heimat empfinden?

»Denk jetzt nicht daran«, sagte auf einmal D., die meinen versonnenen Blick offenbar als Bangigkeit vor der abendlichen Veranstaltung deutete, »wir bekommen heute noch genug davon zu hören.«

»Bestimmt«, antwortete ich, ohne einen Seufzer zu unterdrücken. »Aus den Eichmannschen Zügen nach Theresienstadt hat diese Gegend sicherlich ganz anders ausgesehen. Und ›Zimmer frei‹ wurde damals nicht angeboten, sondern schlechtweg eingenommen.«

Eigentlich absurd, mit einem Taxi nach Theresienstadt zu fahren. Auf der Strecke der mit Juden vollgepferchten Deportationszüge ins Ghetto und der Häftlingstransporte in die Kleine Festung.

Plötzlich bremste der Fahrer scharf. Ein kleiner Junge rannte blindlings über die Straße, wäre uns beinahe unter die Räder geraten.

»Sind wie verrückt, wenn sie diesen Kram sehen«, schimpfte unser Chauffeur.

Ich war ganz schön erschrocken, blickte dem Jungen verstört nach. Und glaubte im gleichen Augenblick, nun selbst ein wenig verrückt geworden zu sein.

Am Straßenrand war ein Regiment von Zwergen postiert.

Wann und woher waren die hier einmarschiert? Bewegungslos standen sie da, mit für immer erstarrtem Grinsen auf den dümmlich freundlichen Gesichtern, bedrohlich nur durch ihre unglaubliche Menge. Weiße Gipszwerge mit langen Bärten, pausbäckige und bartlose, auf krummen Beinchen und mit glotzenden Äuglein, der Größe nach gereiht, von winzig bis zu unwahrscheinlich groß. Vor ihnen stand verzückt der kleine Junge, der nur dank der Geistesgegenwart unseres Mannes am Lenkrad vor einem Augenblick nicht umgefahren wurde. Hinter dem Zwergenaufmarsch lümmelte gelangweilt ein schwarz gelockter Jüngling in einem grotesk bemalten T-Shirt.

»Ich träume wohl«, rief ich aus, »sehe das zum erstenmal.«

»Unterwegs werden Sie dazu noch oft Gelegenheit haben«, bemerkte der Fahrer trocken.

Da sausten wir auch schon, nur wenige Meter weiter, am nächsten Kiosk vorbei. Hier gab es vor allem farbige Zwerge mit roten Mützen, mit blauen, grünen und lila Jäckchen, einzeln und in Paaren, umgeben von rosa Keramikschweinchen in verschiedenen Größen. Die sollten Glück bringen, versprach eine schlampig geschriebene Aufschrift in grellen Farben. Glück hier und in solcher Kumpanei?

Ob sich wohl auch Zwerg Nase aus einem anderen Märchen von Hauff mit böser Verzauberung und gutem Ausgang unter dieser Errungenschaft aus neuester Zeit befindet? fiel mir ein. Auf diesem Weg, an dessen Ende vor einigen Jahren Hunderte, ja Tausende Kinder keine Entzauberung, sondern nur der schlimmste Ausgang erwartete.

»Können wir ein bißchen langsamer fahren«, bat ich, um die friedfertige, aber scheußliche Invasion etwas besser betrachten zu können.

Der Fahrer lachte. »Sehen Sie das wirklich zum ersten Mal?«

»Ja. Und ich kann mir überhaupt nicht vorstellen, wer so etwas kauft.«

»Da würden Sie staunen. Die Leute bieten doch nur an, was sie auch loswerden können.«

Das war gewiß richtig. Aber wie hätte ich mir vorstellen können, daß auf der Strecke zwischen Prag und Theresienstadt rudelweise Zwerge zur Verzierung schmucker Gärtchen feilgeboten und erstanden werden. (»... ist ja geradezu umsonst für unsere Mark. Kannst ruhig ein paar dieser netten Kerlchen einpacken lassen, Mutti ...«) Neben der Zwergbevölkerung gab es auch ein Angebot von gigantischen Micky-Mäusen aus Plüsch, von niedlichen Dinosauriern und ähnlichem Getier in wohnungsgerechtem Format.

»Gleich nach Theresienstadt, in der Richtung zur Grenze, wird es noch schlimmer«, sagte D. »Dort stehen dann weniger Zwerge, dafür aber dutzendweise Mädchen am Straßenrand, auch viele kleine Zigeunerinnen unter dem Erwachsenenalter.«

Madonnen der Straße? Eine liebliche Landschaft, ein strahlender Morgen? Was hatte ich mir da wieder einmal vorgeträumt? Die bettelnde Zigeunerin auf dem Prager Platz mit dem Kindchen im Arm, zu dem sie wer weiß wie gekommen ist, und ihre Schwestern am Rande der Autobahn zwischen Böhmen und Deutschland, das war die Wirklichkeit von heute, so wie das Ghetto von gestern, zu dem Theresienstadt nicht verzaubert, vielmehr umfunktioniert worden war und wo wir an diesem Abend ein tschechisch-deutsches Kolloquium mit nun schon glücklicherweise möglichem gutem Ausgang dolmetschen werden. Mutabor.

Wir verließen die internationale Straße.

»Wohin soll ich Sie bringen?« erkundigte sich der Fahrer. »Ins Museum? Das ist meistens das Ziel von Fahrgästen nach Theresienstadt.«

»Nein, fahren Sie uns bitte zum Rathaus.«

Wir bogen in eine stille Straße ein. Zu beiden Seiten die behäbigen Bürgerhäuser einer alten nordböhmischen Kleinstadt. Keine Passanten. Der Wagen erreichte eine weitere Straße. Dasselbe Bild. Leidlich erhaltene oder frisch verputzte Häuser, einige wenige bescheidene Läden, einer modisch als Boutique bezeichnet. Kein Mensch.

Eine grüne Rasenfläche tauchte vor uns auf. Weit ausladende mächtige Bäume mit frischem Blattwerk, Sonnenkringel zwischen leeren Bänken. Am Ende des Platzes ein niedriger, ziemlich breiter Bau. Über seiner Einfahrt leuchteten bogenförmig angeordnete, weiß und schwarz angestrichene Rechtecke zu uns herüber. Eine kleine schwarze Fläche, dann ein weißes Viereck und wieder die schwarz getünchte Wand und noch ein weißes Viereck, bis das Ganze einen abgeschlossenen Bogen bildet und in der Abendstunde beinahe freundlich zu lächeln scheint.

War hier die Einfahrt zu den Ghettobaracken oder zum Gefängnis in der Kleinen Festung?

Der Wagen hielt an. Das Rathaus glich ähnlichen Gebäuden aus vergangener Zeit in ähnlichen Städten in diesem Landstrich.

Wir stiegen aus und blickten uns um. Kein Mensch auf der Straße. Hat es in dieser Stadt so viele Tote gegeben, daß sie letztendlich selbst daran gestorben ist?

Als meine Mutter das in diesem Fall weiß und ockergelb umrandete Einfahrtstor einer der Kasernen schon hinter sich hatte und in die Bügelei des Wachpersonals abkommandiert wurde, hielt man mich in einem uralten Zuchthaus in Paris gefangen. Die Anstalt hatte einen trügerischen, angenehm klingenden Namen: sie hieß La Petite Roquette, kleine wilde Ranke. Das war aber auch das einzig Angenehme an dem ausgedehnten Komplex mit den dicken Mauern, hinter die nur spärlich ein Lichtschein dringen konnte. Über hundert Jahre diente diese Einrichtung ihrem freudlosen Zweck, in späteren Zeiten vornehmlich als Frauengefängnis, und es gab dort nichts als bräunliches, schmutziggraues und schwarzes Gemäuer, düstere Korridore, kahle Steinhöfe für den trostlosen Rundgang der gefangenen Insassinnen, wenn man sie zehn Minuten lang aus ihren ebenso trostlosen Zellen zur »Promenade« hinausbefahl.

Als ich etliche Jahre nach Kriegsende zum ersten Mal wieder in Paris war, ging ich mir das Gefängnis ansehen, das ich bis dahin nur von innen kannte. Die Polizeiwagen, mit denen man zum Verhör im Justizpalast eingeliefert und danach wieder in der Roquette abgeliefert wurde, waren fensterlos. So stand ich nun verblüfft vor einer langen, dicht mit Efeu bewachsenen und somit beinahe einladend wirkenden Mauer. Nur das schwere, mit einer Reihe von Sperrvorrichtungen versehene Tor ließ ahnen, was sich jenseits der grün bewucherten Wand befand.

Dieses Kapitel in meinem Leben wurde mit einem durchaus überraschend guten Ende beschlossen. Eine Freundin, die zur gleichen Zeit wie ich in dem Gefängnis einsaß, schickte mir vor kurzem einen Zeitungsausschnitt mit einem Foto, das in dem Augenblick aufgenommen worden war, in dem die Einfassungsmauer der Petite Roquette niedergerissen wurde und einstürzte. Zu beiden Seiten stehen noch die einzelnen Gebäude, aber der mittlere Teil ist schon zusammengebrochen, für immer zu Schutt geworden.

Diese Aufnahme stand lange auf einem meiner Bücherregale und wirkte aufmunternd, wenn ich kleinmütig war. Siehst du, schien sie mir zu sagen, es gibt die Roquette nicht mehr, und es hatte doch den Anschein, als ob sie für immer und unantastbar da wäre. Auch so etwas ist also möglich. Finsteres Unantastbar gilt nicht mehr.

»Schau«, sagte D. mit einem Mal, als wir unschlüssig vor dem Rathaus standen, in der Erwartung, jemand von den Organisatoren des Kolloquiums würde uns begrüßen und weiterleiten kommen. Ich blickte in die Richtung, in die sie wies.

Und erschrak.

Auf einer Bank unter einem prächtigen Kastanienbaum saß ein Mann, schaute vor sich hin und malte mit langsamer Hand unsichtbare Kreise in die Luft. Ein älterer Mann mit einem fein geschnittenen, durchaus nicht geistlosen Gesicht, mit hoher Stirn und weit offenen dunklen Augen. Saß da und begann immer wieder von neuem. Immer die gleichen recht großen unsichtbaren Kreise.

»Der einzige Mensch, dem wir hier bisher begegnet sind«, flüsterte D.

Ich nickte betroffen, mußte natürlich an den Irren von heute früh denken. Aber nun, in dieser Festungsstadt, die später zu einer Sterbestadt umfunktioniert wurde, berührte mich diese Begegnung noch ganz anders. Worauf war der angstvolle und zugleich wesenlose Blick des einsamen Mannes gerichtet? Was sah er, nur er? Welchen Teufelskreis versuchte die ruhelose Hand nachzuvollziehen? Welche Bewandtnis hatte es mit den zwei Begegnungen an einem Tag, der einen unter dem blauen Himmel in meinem Prag und nun dieser hier in dem stillgelegten Theresienstadt? War dieser Zufall ein Zufall …

Das internationale Gespräch, dessentwegen wir hierher gekommen waren, wurde von aufrichtigem Aufeinanderzukommen getragen. Hinter den hohen Fenstern des Rathauses, in dem die Zusammenkunft stattfand, dunkelte es allmählich. Draußen war es still, man hörte kein Auto, kein Fuhrwerk, kein Rufen oder Lachen. Die Bänke unter den alten Bäumen waren jetzt gewiß schon leer. Kein Mensch auf der Straße.

Ich übersetzte die Begrüßungsworte der Bürgermeisterin, einer resoluten einfachen Frau. Dann folgten Vorträge, manche in tschechischer, andere in deutscher Sprache. Ich dolmetschte mechanisch. Selbstverständlich war hier die Rede von den miserablen Jahren, da dieser Stadt eine Ghettoexistenz aufgezwungen wurde. Ihre ursprünglichen Bewohner, tschechoslowakische Bürger, mußten damals auf Anordnung der Nazibehörden wegziehen, ihre Häuser verlassen. Was hatte man ihnen gesagt? Welchen Grund hatte man für ihre plötzliche Umsiedlung angegeben? Wußten sie, wer nun in ihre Wohnstuben, Schlafzimmer und Küchen einziehen sollte? Ahnten sie, in welche Hölle ihre trauten Heime verwandelt werden sollten? Schwindelte man ihnen etwas von Offiziersunterkünften vor, oder sagte man ihnen die Wahrheit, nämlich daß nun »Untermenschen« in ihren einstigen vier Wänden konzentriert werden sollten? Wie haben sie sich, die bisweiligen, überwiegend der deutschen Nationalität zugehörigen Bürger der Tschechoslowakei, auf diese unerwartete, neue Berufung ihrer Stadt eingestellt? Gewiß, sie wurden nicht gefragt, wurden einfach umgesiedelt (ausgewiesen? vertrieben?), und dennoch. Was dachten sie? Waren sie unzufrieden, empört, gleichgültig oder einverstanden? Sie mußten wohl zumindest traurig sein, so plötzlich wegziehen zu müssen. Aber was war ihre Traurigkeit, gemessen an dem Leid, das nun hier einzog!

Einige Häuser wurden von der SS-Kommandantur eingenommen, alle anderen zu Gefängnisbehausungen mit schnell übereinander gezimmerten Holzpritschen für Tausende, nein für Zehntausende jüdische Männer, Frauen und Kinder umorganisiert. Solange die Tschechoslowakei ein freier Staat war, lebten an die achttausend Menschen in dieser Stadt. Nun mußten zeitweise dreißig- bis fünfzigtausend hier zusammengepfercht werden. Mein Vater und meine Mutter, meine Großmutter, Onkel und Tanten befanden sich unter ihnen.

An jenem Frühsommerabend, der mich nun nach Theresienstadt gebracht hatte, konnte ich nur mechanisch dolmetschen, mußte dabei hinaushören auf die lautlose Straße, bekam plötzlich Angst, aus den Baumkronen über dem leeren Platz könnte auf einmal der einstige uneindämmbare Lärm aus den überfüllten Behausungen hervorbrechen, Hilferufe, Flüche, letzte Seufzer.

Da drang plötzlich eine überraschend empörte Stimme in meine Kopfhörer, verdrängte die Angstvorstellungen, erzwang mit einem Schlag meine ungeteilte Aufmerksamkeit. Ein junger Deutscher – lila T-Shirt, krauser, mit einem grünen Bändchen zusammengehaltener Haarschopf – wetterte gegen das Fortbestehen solcher Konzerne wie I. G. Farben, von denen man doch weiß, daß sie in jenen Jahren …

Jäh war ich zurück in der Gegenwart. Man antwortete dem jungen Mann mit beschwichtigender Zurückhaltung, bald danach ging die Konferenz zu Ende. Ich sah mich nach der Bürgermeisterin um, wollte ein kleines Gespräch mit ihr versuchen, wollte erfahren, wie viele Menschen nunmehr in ihrer so stillen Stadt lebten. Rund eintausendachthundert, sagte sie. Ich blickte abermals durch die hohen Fenster auf den menschenleeren Platz und beschloß, demnächst noch einmal, ohne Kolloquium, hierher zu kommen.

Von der Landschaft zu beiden Seiten der Straße war nichts mehr zu sehen, als ich spät abends nach Prag zurückfuhr. Nur ab und zu zitterte ein karges Licht im Blau-Schwarz der Nacht. Man konnte im Vorbeifahren nicht erkennen, ob hier am Straßenrand »Zimmer frei«, »Sandwiches« oder »Eros center« angeboten wurde.

Ich starrte angestrengt in die Finsternis. Wo waren die Zwerge, die tagsüber in so unwahrscheinlicher Menge an beiden Seiten unseres Weges paradierten? Woher waren sie gekommen und wohin waren sie nun verschwunden? Haben sie etwa die ganze Zeit in dieser Gegend gehaust, in den Theresienstädter Kasernen und Baracken, zwischen dem Gestein der Kleinen Festung, unter den feuchten Fliesen der Kasematten, in einer dunklen Ecke der Hinrichtungsstätte? Waren sie hilfreich wie im Märchen von Schneewittchen und wie deren Nachkommen, die drolligen kleinen Kerlchen von Walt Disney? Oder stahlen sie aus den Eßschalen die letzten Brocken in der dünnen Suppe, verwischten die Schriftzüge in heimlich geführten Tagebüchern, gaukelten den verängstigten Menschen Wahnvorstellungen vor?

Die Kreise ohne Ende der ruhelosen Hände der beiden Irren …

Genug, genug, ermahnte ich mich in der dunklen Ecke des durch die Nacht gleitenden Autos. In der Ghettostadt, die Hitler den Juden geschenkt hat, wie es in der unverschämten Goebbelsschen Propaganda der Weltöffentlichkeit weisgemacht werden sollte, gab es doch trotz allem neben Epidemien, ständigem Sterben und Deportationen ohne Rückkehr auch Leben. Gewiß, nicht das sogenannte alltägliche Leben mit seinen einst so selbstverständlichen kleinen und großen Kümmernissen und Freuden, aber dennoch.

Als in Theresienstadt Tausende jüdische Kinder zusammengetrieben waren, beschlossen mehrere Frauen und

Männer, einstige Lehrer, Erzieher, Maler, Musiker und Schauspieler, das befristete Dasein ihrer jüngsten Mitgefangenen ein wenig zu erhellen, die Festungswälle mit ein bißchen Freude zu durchbrechen. Selbst hier sollten Kinder das Lachen nicht ganz verlernen.

In der frühen Epoche der Tschechoslowakischen Republik, in den dreißiger Jahren, gab es unter den zahlreichen Prager Theatern eine Bühne, deren tragende Figuren zwei ulkige hölzerne Marionetten waren: Vater Špejbl und sein aberwitziges Söhnchen Hurvínek. Beide waren kahlköpfig, Hurvínek zierte ein einziges Löckchen über der hohen Stirn. Beide blickten mit Kulleraugen in die rätselhafte Welt, beide zeichneten sich durch kräftig abstehende Ohren aus. Sie waren die ausgesprochenen Lieblinge aller böhmischen Kinder. Und so beschlossen die in Theresienstadt internierten Künstler, sie sollten auch hier ihr junges Publikum erfreuen.

Nach mühseligen und zugleich fieberhaften Vorbereitungen kam endlich der Tag der Premiere. Der Dachboden der Kaserne, in der die Aufführung geplant war, füllte sich bis in den letzten Winkel. Die Erwartung schien geradezu greifbar zu sein, fast konnte man das ungeduldige Hämmern der vielen kleinen Herzen wahrnehmen. Und dann das erleichtert freudige Rauschen, als Vater Špejbl im vertrauten schwarzen Gehrock und Söhnchen Hurvínek in seinen kurzen Hosen erschienen. Sie begannen ihr lustiges Rededuell, Špejbl bemühte sich wie immer, seinen Sprößling zu erziehen, der widerstand diesen Versuchen ungerührt mit seinen altklugen Einwänden.

Aber was war los? Im Saal wurde es still und stiller. Die Akteure im improvisierten Kulissenraum blickten einander bestürzt an. Warum lachte kaum jemand? Warum waren die Kinder mit einem Mal so ruhig?

»Ich schau mal nach vorne«, erbot sich einer der Schauspieler und trat auch schon zwischen die beiden Holzpuppen. »Na«, rief er so fröhlich, wie er es fertigbrachte, in den gedrängt besetzten Zuschauerraum, »wollen wir jetzt alle zusammen unseren lieben Hurvínek mit einem ganz lauten ›Ahoj!‹ begrüßen?«

Nur ein paar dünne Stimmchen folgten dieser Aufforderung.

»Was gibts denn«, fragte der Mann nun ganz sachlich von der Bühne aus, »gefällt euch etwas nicht?«

Ein kleines Mädchen, das sich für diese festliche Gelegenheit mit einer glänzenden Spange im wirren Wuschelkopf geschmückt hatte, meldete sich wie einst in der Schule mit zögernd erhobener Hand.

»Der Hurvínek«, sagte es ein wenig stockend, »der ist jetzt einer von denen?«

»Ich verstehe nicht, was du meinst«, der Mann auf der Bühne war verunsichert, »von wem soll er denn sein?«

»Na, von der Kommandantur und so.«

»Der Hurvínek? Ja, wie konnte euch bloß so etwas einfallen!«

»Weil er keinen gelben Stern hat. Und wir müssen ihn doch alle haben.«

Daran hatten Regisseur und Schauspieler nicht gedacht. Dieser Mangel konnte schnell behoben werden, und wohl nie wurde ein mit dem Davidstern Gekennzeichneter so liebevoll und stürmisch begrüßt wie diese beiden Prager Kinderlieblinge von den jüngsten Gefangenen der Ghettostadt.

Wieso haben gerade Gartenzwerge am Rande der böhmischen, in die einstige Ghettometropole und danach ins Ausland führenden Autostrecke Stellung bezogen, überlegte ich auf meinem Heimweg. Mit ihren dümmlichen Gesichtern können sie kaum Boten eines uns bislang unbekannten, vielleicht sogar erträglicheren Schicksals sein, zumal sie sich ja auch erst in jüngster Zeit hier eingenistet haben. Wo waren sie, als in unserem Land die Hölle los war? Und überhaupt! Menschliche Besucher werden an der Landesgrenze eingehend besichtigt, überprüft, falls es notwendig erscheint auch durchleuchtet. Aber die Gartenzwerge sind hier ganz unbehelligt einmarschiert. In der Umgebung von Theresienstadt, wo immer noch, und vielleicht für immer, Unsagbares in der Luft mitschwingt, schien mir dieser süßlich verbrämte kommerzielle Unfug beinahe unerträglich zu sein.

Ein paar Wochen später breche ich, wie ich es mir vorgenommen hatte, zu einem zweiten Besuch in Theresienstadt auf. Diesmal fährt mich Frau H. mit ihrem Wagen dorthin, eine deutsche Freundin, die ihren zeitweiligen Aufenthalt bei uns intensiven Kontakten mit der kulturellen Aktivität in der einstigen Ghettostadt widmet. Unterwegs plaudern wir, und es gelingt mir, dem abscheulichen Zwerggewimmel am Straßenrand nur beiläufige Aufmerksamkeit zu schenken. Wegschauen ist allerdings kaum möglich, die Miniregimenter dieser neuzeitlichen Gnomeninvasion haben sich beinahe lückenlos an beiden Seiten der durch den grenzübergreifenden Sextourismus infam berühmt gewordenen E 55 postiert, grinsen von rechts und links die durchfahrenden Reisenden an.

Gegen elf Uhr vormittags erreichen wir den ersten Festungswall, fahren an der einstigen Sudetenkaserne vorbei. Die wurde von den Naziokkupanten, keineswegs von den vertriebenen Tschechoslowaken, so benannt. Ursprünglich war sie als Artilleriekaserne errichtet worden, was in einer Garnisonsstadt nicht sonderlich beachtenswert war. Aber Ende November 1941 wurde hier in unmittelbarer Nachbarschaft der Berliner Dienststelle der erste Transport untergebracht, das sogenannte Aufbaukommando, denn nun sollte ja die ganze Stadt umorganisiert werden. Die verstörten jüdischen Männer, denen das absurde Los zugefallen war, aus einer böhmischen Kleinstadt ein internationales Ghetto zu errichten, trafen, wenn sie dahin und dorthin zur Arbeit abkommandiert wurden, keinen einzigen Menschen auf der Straße. Das brachte sie noch mehr aus der Fassung. Man hatte ihnen natürlich nicht gesagt, daß alle Einwohner der Stadt ausgesiedelt worden waren. Man hatte ihnen überhaupt nichts gesagt. Sie wurden vorgeladen, aufgeladen, verfrachtet und ausgeladen. Was lauerte ihnen hier in den gespenstisch leeren Gebäuden auf, welcher Spuk trieb zwischen den alten Festungsmauern sein Unwesen? Verschreckt blickten sie sich um. Kein Mensch auf der Straße. Was konnte das bedeuten? Welches Schicksal erwartete sie in diesem unheimlichen Ort? Zum Glück bewegte sich ihre Phantasie nur in den Grenzen des Vorstellbaren.

Damals gab es übrigens in Theresienstadt z. B. auch eine Aussiger Kaserne. Die war ein Sammelplatz für die Abfertigung der Transporte in »Nacht und Nebel«, eine Art Kleiderkammer, die sich allmählich mit den Habseligkeiten der Häftlinge füllte. Wenn jeder der Tausenden und Zehntausenden nur ein Kleid, ein Paar Schuhe, jedes Kind nur ein Spielzeug zurückgelassen hätte, mußte das in dem zentralen Lager in der Aussiger Kaserne schon Kleiderstapel, Berge von Schuhen, Bücherhaufen und märchenhafte Mengen von Puppen und anderen Spielsachen ergeben. Aber märchenhaft war hier fürwahr nichts.

In einer anderen, diesmal nach einem Städtchen im Riesengebirge Hohenelber benannten Kaserne befand sich das zentrale Krankenhaus, in dem die internierten jüdischen Ärzte um jedes einzelne Leben rangen, als ob sie nicht gewußt hätten, wie kurz hier alle befristet waren. Es gab damals auch noch eine Bodenbacher Kaserne, die als Zeughaus diente. Ich weiß nicht und kann mir auch nicht erklären, was für die Benennung der einzelnen Objekte ausschlaggebend war. Wollten die Herren von den Okkupationsbehörden damit etwa die eine oder andere Stadt für ihren tatkräftigen Einsatz für die Verwirklichung der Wunschparole »Heim ins Reich« auszeichnen? Ich weiß es wirklich nicht.

»Warum hat man gerade sudetendeutsche Bezeichnungen für die Schreckensgebäude gewählt?« überlegt in dem Augenblick auch Frau H. im Vorbeifahren an diesen Komplexen. »Kann das der Wunsch der hiesigen Nazis gewesen sein?«

»Wohl kaum«, antworte ich, »obwohl sie damals, Ende 1941, noch von Siegeserwartungen vernebelt waren. Aber es wurden ja hier auch quasi reichsdeutsche Kasernen etabliert, eine Dresdener, in der Frauen konzentriert waren, eine Magdeburger, in der unter SS-Aufsicht der Ältesten-Rat der Juden tagte, eine Hamburger, die vornehmlich mit jüdischen Menschen aus Holland belegt wurde. Dort befand sich auch die sogenannte ›Schleuse‹ für die Transporte nach Osten.«

Frau H. tritt auf die Bremse und blickt mir ins Gesicht.

»Sie sagen das alles so sachlich. Ohne eine Spur von Haß in der Stimme.«

»Haß? Der nützt nicht, vergällt nur das Leben.«

»Und Trauer?«

»Trauer bleibt, füllt für immer einen Winkel der Seele. Wenn man das weiß, kann man mit ihr auch zurechtkommen. Trauer haßt und verzeiht nicht, ist still und tief versunken. Von ihr berührt, kann man sogar beinahe mehr aus dem Leben schöpfen ... Hier ist das Rathaus.«

Frau H. hält den Wagen an, wir steigen aus. Vor uns liegt der quadratische, mit Bäumen umpflanzte Stadtplatz. Menschenleer. Nur auf einer Bank sitzt einsam ein Mann, ein älterer Mann in grauem Tuchanzug. Sitzt da, blickt vor sich hin und ...

Nein, das kann nicht wahr sein. Diesem Menschen bin ich doch schon einmal hier begegnet. Kommt er jeden Tag zu dieser Bank? Muß er hierher kommen? Warum? Erholt er sich auf diesem freundlichen Platz oder ist es die tief versunkene Trauer in einem Winkel seiner Seele, die ihn immer und immer wieder gerade hierher führt? Mit einer offenbar feinen, von Arbeit nicht verunstalteten Hand malt der Mann seine unsichtbaren Kreise in der Luft. Ein, zwei Kreise, macht eine kleine Pause, und dann von neuem, ein, zwei Kreise. Warum? Frage ohne Antwort.

»Wir müssen hineingehen«, Frau H. faßt mich sacht am Arm, »die Bürgermeisterin erwartet uns sicher schon.«

»Ja, natürlich«, sage ich. »Wie gut, daß ich Sie bei mir habe.«

Die Bürgermeisterin empfängt uns liebenswürdig, kennt Frau H. bereits von früheren Begegnungen, gibt mir bereitwillig alle erwünschten Auskünfte, spricht offen von ihren Sorgen. Die Unterhaltung verläuft ruhig und sachbezogen über einer Tasse Kaffee.

Ich betrachte das freundliche Gesicht meiner Gesprächspartnerin. Die Frau ist wohl keine fünfzig Jahre alt, kann sich an den Krieg und das abscheuliche Geschick ihrer Stadt nicht erinnern. Jetzt trägt sie hier einen beträchtlichen Teil der Verantwortung. Sie bedauert, zu wenig für die Verbesserung der Umwelt unternehmen zu können, weil die zu diesem Zweck zur Verfügung gestellten Mittel nicht ausreichen. Mehr Geld sei für die Erhaltung der Gedenkstätte da, meint sie, natürlich aus anderen Quellen, und das sei ja auch in Ordnung. Dennoch kann ich einen leichten Anflug von Bitterkeit nicht überhören. Es tut ihr anscheinend leid, daß für die Toten allerhand getan wird und für die lebende Stadt zu wenig. Seit die Garnison leer steht – ihre letzten Insassen waren die Soldaten der 1968 ins Land einmarschierten »brüderlichen« Besatzungsarmee der Sowjetunion und ihrer Verbündeten –, gibt es in Theresienstadt fast keine Arbeitsmöglichkeit mehr.

Ich horche auf: eine Stadt, die, wenn sie nicht von Soldaten durchsetzt ist, nur recht und schlecht existieren kann? Seltsam.

»Ein paar Arbeitsplätze haben wir in der psychiatrischen Anstalt ergattert«, erzählt die Frau Bürgermeisterin. Vielleicht hat sie meine Betroffenheit bemerkt. »Die hat eine Prager Einrichtung hierher verlegt.«

»Hierher?« Ich sehe den Mann auf dem Stadtplatz vor mir. »Psychiatrische Patienten?«

»Ja«, sagt die Bürgermeisterin und fügt beruhigend hinzu: »Aber nur harmlose Fälle, mit Depressionen und so. Sie sind völlig ungefährlich, haben uns schließlich ein paar Arbeitsstellen gebracht, vergrößern unsere Einwohnerzahl um etwa zweihundertfünfzig Menschen.«

Zweihundertfünfzig seelisch verletzte Menschen. Ich stehe auf und gehe ans Fenster. Der Mann sitzt immer noch auf der Bank und malt seine Kreise.

»Kann Theresienstadt der richtige Ort für die Genesung von Depressionen sein«, überlege ich laut.

»Ach, wissen Sie«, die Frau Bürgermeisterin schüttelt ein wenig ratlos den Kopf, »die meisten dieser Patienten begreifen ja gar nicht, wo sie sind. Dabei gibt es hochgebildete Persönlichkeiten unter ihnen, Professoren und so. Man kann ihnen in der Stadt begegnen. Wenn es warm ist, sitzen sie hier unten auf den Bänken. Kann sein, daß auch jetzt einer da ist. Sie sind ganz ruhig und tun niemandem etwas.«

Ich bedanke mich für das Gespräch. Frau H. will mit der Bürgermeisterin noch einige Vorbereitungen für ein Konzert Theresienstädter Komponisten besprechen, das demnächst stattfinden soll.

Die Holztreppe poltert ein wenig unter meinen Füßen, als ich hinabsteige. Auf dem Stadtplatz setze ich mich neben den Mann auf der Bank.

»Guten Tag.«

Er streift mich mit einem abwesenden Blick. Ist er einer der erwähnten hochgebildeten Persönlichkeiten, einer der Professoren? Steht sein persönliches Drama mit der Tragödie in Verbindung, die in diesen Straßen, in diesen Gebäuden festgehaftet blieb?

Plötzlich wendet sich mir der Mann zu. Ich blicke in ein intelligentes, unendlich trauriges Gesicht mit zwei leblosen Augen.

»Danke«, sagt er leise, »guten Tag. Danke.«

Das ist alles. Dann versinkt er wieder in sich und malt weiter mit feinnerviger Hand seine Kreise ohne Ende. Ich sitze still neben ihm und vermeine mit einem Mal, den Mann im Trubel der Prager Straße wieder vor mir zu sehen. Auch er malte in seiner Ruhelosigkeit dieselben Kreise vor sich hin. Warum?

Schließlich erhebe ich mich, was mein Banknachbar gar nicht zu merken scheint, und blicke mich um. Kein Mensch auf der Straße. Nur ein Geistesgestörter. Theresienstadt, ein halbes Jahrhundert nach seiner Befreiung. Der Stadtplatz mit der grünen Rasenfläche und den Schatten spendenden alten Bäumen war allerdings auch während der Ghettojahre fast menschenleer. Die Männer und Frauen mit dem gelben Judenstern auf der Brust, die in den verschiedenen Kasernen zusammengepfercht waren und sich mühsam durch die übervölkerten Straßen schoben, durften den großräumigen Platz erst 1944, ein Jahr vor dem schon unausweichlichen Zusammenbruch des Hitlerregimes, betreten. Damals wurde nämlich der Besuch einer Kommission des Internationalen Roten Kreuzes erwartet. Für die wurde ganz Theresienstadt mit kulissenartiger Aufmachung »humanisiert«. Nur der Tod wollte dabei nicht mitmachen, ließ sich in seiner täglichen Aktivität nicht beirren.

Ich habe es jahrelang vermieden, aufrichtiger gesagt, von mir gewiesen, Gedenkfeierlichkeiten, pietätvollen Kulturveranstaltungen oder politischen Manifestationen in dieser Stadt beizuwohnen. Mein Vater ist hier kurz nach seiner Einlieferung an Scharlach gestorben. Von meiner älteren Schwester weiß ich nur, daß sie mit ihrem achtjährigen Söhnchen irgendwo in Polen den Gastod fand. Wo, das habe ich nie erfahren, es hätte auch an der bleischweren Tatsache nichts geändert. Der letzte Weg meiner jüngeren Schwester führte von der Gestapo in Prag über Ravensbrück nach Birkenau. Und meine Mutter ...

Meine Mutter war gelernte Schneiderin. Sie hat dieses Handwerk eigentlich nie ausgeübt, erst hier fand man dafür eine gewisse Verwendung. Sie wurde in die Bügelei abkommandiert. Eine frühere Arbeitskollegin von mir, die in der jüdischen Selbstverwaltung war und all die Jahre, die ich sie kannte, ständig kränkelte, jedoch den hiesigen Schmutz, die ständige Angst und die Epidemien überlebt hat, erzählte mir nach dem Krieg:

Eines Tages las sie auf der Liste für den nächsten Transport nach Auschwitz auch den Namen meiner Mutter. Sie setzte sich sofort in Bewegung, erreichte vom Ältestenrat einen Schein, der besagte, meine Mutter sei in der Bügelei (dort wurden Uniformen geplättet) unentbehrlich, und rannte damit im letzten Augenblick zur Rampe, wo schon der Zug für die Deportation bereitstand. Meine Mutter wurde ausgereiht und in die Bügelei zurückbeordert.

Ein paar Wochen später war es jedoch wieder soweit. Abermals fand die Frau den Namen meiner Mutter auf dem verhängnisvollen Verzeichnis. Sie setzte sich erneut in Bewegung, kam wiederum in letzter Minute auf die Rampe gestürzt, wo meine Mutter mit all den anderen für diesen Transport Abkommandierten abfahrtbereit vor den Viehwagen stand.

»Ich schwenkte schon von weitem das erlösende Papier, aber deine Mutter schüttelte nur den Kopf und rührte sich nicht von der Stelle. Sie hat mir sehr gedankt«, berichtete mir die Frau nach dem Krieg mit leiser Stimme, »und kletterte dann in den Wagen. Sie wußte ja, daß der Transport vollzählig sein mußte. Wäre sie zurückgeblieben, hätte jemand anderer fahren müssen.«

»War ihr bekannt, was mit meinen Schwestern geschehen war?«

Die Frau zuckte mit den Achseln. »Sie hat darüber nie gesprochen. Aber einmal habe ich sie beinahe strahlend gesehen. Das war, als sie mir anvertraute, daß du in Sicherheit bist.«

Das traf mich zutiefst. Mit meiner Sicherheit war es in jener Zeit zwar wiederholt nicht gerade weit her gewesen, dennoch. Es ist schwer zu ertragen, alle seine Lieben überlebt zu haben. Das eigene Schicksal läßt einen oft erschaudern vor diesem unverdienten Geschenk. Da war der Gedanke an das für einen Augenblick erhellte Gesicht meiner Mutter ein unverhoffter Trost.

Aber nach Theresienstadt wollte ich nie fahren. Jetzt bin ich da.

Jetzt bin ich da, vermeine in den leeren Straßen das Schürfen resignierter Schritte zu hören, das Gewisper junger Leute, in dem uneindämmbare Erwartungen und Träume mitschwingen, das Plappern ahnungsloser Kinder, die geflüsterten Gebete der Gläubigen, die verzweifelt ihren Gott anriefen, der sie nicht zu hören schien, die unter ihrer Last knarrenden Leichenwagen.

Hinter der Baumreihe, vor der die Bank steht mit dem stillen Mann, erhebt sich die Kirche Zur Auferstehung des Herrn. Hier? In der von Kaiserin Maria Theresia gegründeten Garnisonstadt, aus der eines Tages ein Monsterghetto wurde, hier könnte der Jude Jesus Christus doch nicht auferstehen. Hier hätten ihn gleich wieder die Häscher gefaßt, erneut gefoltert und tausendfach umgebracht. Rex Judaearum steht in goldenen Lettern unter dem Ebenbild Christi auf der Karlsbrücke in Prag. König der Juden – in Theresienstadt?

Sie ist übrigens gar nicht so alt, die Kirche, die hier auf dem Platz der tschechoslowakischen Armee steht (auch dieser Name stimmt nicht mehr mit der Gegenwart überein), wurde erst im vorigen Jahrhundert erbaut. Ihr Gewölbe weist aber bedenkliche Risse auf und muß, um nicht einzustürzen, gründlich gestützt und erneuert werden. Die Bürgermeisterin erwähnte auch diese Sorge, fügte aber gleich hinzu, sie sei entschlossen, die keineswegs geringen notwendigen Finanzmittel hierfür aufzutreiben, denn die restaurierte Kirche soll dann auch als Konzertsaal dienen. Werke der in Theresienstadt gefangenen und zumeist auch umgekommenen Komponisten sollen hier zur Aufführung kommen.

»Für alles braucht man Geld«, seufzte die Frau im Rathaus, »viel Geld und auch viele fleißige Hände. Aber Sie sehen ja selbst, es gibt hier nur wenige Menschen und Geld schon gar nicht.«

Bei diesen Worten fielen mir auf einmal wieder die Zwerge vom Straßenrand auf dem Weg hierher ein. Ihre Märchenbrüder pflegten meistens fleißig zu sein, jetzt könnten sie in der menschenleeren Stadt Hand anlegen und tunlichst auch einen Goldschatz ausfindig machen. Von ihren käuflichen Nachahmungen in den Kiosken an der E 55 kann man aber leider keine märchenhafte Tat erwarten.

In der Epoche, die ein halbes Jahrhundert nun schon allmählich verblassen läßt, gab es neben den großen auch kleine Geschehnisse, die neben ihrer Roheit schlechtweg absurd waren. Als Josef II., der Sohn der kinderreichen Maria Theresia, im Jahr 1780 in der Nähe des Zusammenflusses von Elbe und Eger diese Festung anlegen ließ, hatte er vor allem den Schutz Böhmens vor feindlichen Einbrüchen aus dem Nordwesten im Sinn. War das ein vernünftiges Vorhaben? Ohne Zweifel. Das leuchtete fraglos auch seiner kaiserlichen Mutter ein, nach der die neue Stadt benannt wurde. Zum Schutz des lieblichen Böhmen.

Jahrzehnte, Jahrhunderte vergingen. Für die neuzeitigen Überfälle auf Böhmen stellte die Theresienstädter Festung kein Hindernis mehr dar. Nachdem die einheimischen und benachbarten Nationalsozialisten sie nach der deutschen Besetzung des Landes zu ihrer neuen Aufgabe umfunktionierten, wurde sie auch noch der Schauplatz einer grotesken Untat.

Die junge tschechoslowakische Republik beschloß nach dem ersten Weltkrieg, ihre für Freiheit und Selbständigkeit gefallenen Söhne mit einem Grab des Unbekannten Soldaten zu ehren. In der Kapelle des Prager Altstädter Rathauses wurden im Juli 1922 pietätvoll die irdischen Überreste tschechischer Soldaten und eine Handvoll Erde von den verschiedenen Schlachtfeldern hinterlegt.

Doch sie sollten noch keine ewige Ruhe finden.

Ein Ehrenplatz für Männer, die für die Errichtung der Tschechoslowakei und ihre Unabhängigkeit gekämpft haben? Das konnten die Okkupanten im Jahr 1939 nicht hinnehmen. In der Nacht vom 22. zum 23. Oktober 1941 drang eine achtköpfige Gruppe unter der Führung eines SS-Mannes Klein in die Kapelle ein, schnitt den Zinn- und den Holzsarg auf und brachte den vorgefundenen Inhalt in die Prager Gestapozentrale in der Bredauer Gasse. Warum diese sonderbare Aktion unternommen wurde, ist schwer erklärbar. Hatte man in der Gruft Waffen oder gar einen Schatz vermutet? Vielleicht. Allein mit der Übersiedlung der vorgefundenen Knochen war dieses Kapitel der Vernunftlosigkeit allerdings noch nicht beendet. Im April 1945, als sich bereits der größte Teil der gequälten Europäer von den Schrecken der Unterdrückung befreit wußte, überführte die Gestapo das geraubte und geschändete Grab des Unbekannten Soldaten in die Kleine Festung in Theresienstadt. Wohin auch sonst, als in dieses bewährte Gefängnis für freiheitsliebende Bürger, das nun zum Sterbeort einer ganzen menschlichen Gemeinschaft erniedrigt worden war. Hier wurde der Raub aus dem Prager Altstädter Rathaus kurz vor Kriegsende hastig an einer unbekannten Stelle vergraben. Vergraben und nie wieder gefunden.

Auch das gehört zur drückenden historischen Last dieser kleinen Stadt zwischen den sanften Hängen des Mittelgebirges im Nordwesten Böhmens, die den Namen einer österreichischen Kaiserin trägt, deren Initialen auch heute noch das Stadtwappen zieren.

Das Ghettomuseum meide ich auch diesmal, bei meinem zweiten Besuch. Vor seinem Eingang parken zwei ausländische Busse, einer aus Deutschland und einer aus Polen. Ich kann mir einfach nicht zumuten, die ausgestellten Zeichnungen, Bilder und Fotografien der einstigen Zwangsinsassen eingekeilt zwischen Touristengruppen zu betrachten. Und wenn ich plötzlich vor dem Gesicht meiner Großmama oder meiner Mutter stände …

Um zur Kleinen Festung zu gelangen, muß man das andere Ufer der Eger erreichen. Nach einigen Schritten auf der steinernen Brücke trete ich ans Geländer und blicke stromaufwärts. Dort ist die Stelle, dort wurde die Asche der im Krematorium Verbrannten in den Fluß geschüttet. Sank sie auf den Grund, liegt sie noch heute dort oder haben barmherzige Wellen die jüdische Asche mitgenommen, in die Elbe gespült, durch das feindliche Deutschland getragen und ihre eigene Endlösung verwirklicht – dem letzten Rest der gemarterten Menschen im offenen Meer uneingeschränkte Freiheit geschenkt?

Die Kleine Festung. Das klingt nicht schlimm, eher beinahe freundlich. Aber das wuchtige rötliche Gemäuer, das vor mir am Rande der Princip-Allee gleichsam geduckt in der Landschaft hockt, wirkt keineswegs vertrauenerweckend. Das grelle Schwarz-Weiß der Quader um das Haupttor ist nicht einladend, vielmehr abschreckend. Wie ein schriller Aufschrei in der Stille ringsum. Von einer Festung, und sei es auch nur einer Kleinen, kann man schließlich auch kaum etwas Einladendes erwarten. Diese hier hat eine besonders düstere Vergangenheit. Während des ersten Weltkriegs waren in ihren Verliesen die Attentäter auf den österreichischen Thronfolger Ferdinand d'Este und seine Gemahlin Sophie, die serbischen Studenten Gabrinović, Gabez und Princip gefangen. Zur Zeit der Tschechoslowakischen Republik diente die Kleine Festung als Militärgefängnis, während des zweiten Weltkriegs als Gefängnis der Prager Gestapo. Wahrlich ein schlimmes Los. Und jetzt?

Kein Mensch auf der Straße und auch kein Mensch in der Kleinen Festung. Aber die Höfe, die Blocks und die Zellen sind da, und mit ihnen ist gleichsam alles zugegen, das hier verübt und erduldet wurde. Jedoch nur meine Schritte hallen über das Steinpflaster, nur mein eigenes Herz hämmert so aufgescheucht, daß ich es geradezu hören kann, nur meine Augen versuchen wegzusehen und müssen doch hinschauen in die dunklen Zellen, zwischen die dicken Gitterstäbe auf die harten schmalen Holzpritschen. Auf diesem Gebiet bin ich wahrlich kein Neuling, erkenne Gefängnisluft beim ersten Atemzug, rieche, was gar nicht mehr ist, verspüre die Kälte, den Hunger und den Durst, denen die Menschen hier ausgesetzt waren. Auch ihre Angst und ihre Verzweiflung.

Ganz bestimmt haben die ständige Exposition und die Galerie in der einstigen SS-Kaserne im Laufe der letzten Jahre schon vielen Menschen für das kaum glaubhafte Geschehen an diesem Ort die Augen geöffnet. Aber ich muß da nicht hineingehen. Ich will auch die einstigen Werkstätten im II. Hof nicht sehen. (Befand sich hier auch die Bügelei?) Und schon gar nicht den Hinrichtungsplatz für tschechische Widerstandskämpfer und Juden aus halb Europa. Ich kannte Menschen, die hier sterben mußten. Zum Glück kenne ich auch solche, die noch befreit werden konnten.

Wer weiß, warum mich auf dem öden festgestampften, mitleidlos harten Boden mit einem Mal die Frage beunruhigt: Warum malt der Mann auf dem Stadtplatz von Theresienstadt unentwegt unsichtbare, geschlossene Kreise in die Luft? Warum muß er sie endlos malen? Woher kam und wohin gehörte der Mann mit derselben Zwangsvorstellung, dem ich an jenem strahlend unbeschwerten Frühsommermorgen in Prag begegnet bin? War auch er einmal hier? Oder traf ihn sein Schicksal anderswo? Wehren sich die beiden gegen unentrinnbares Eingeschlossensein? Malen sie etwa ihre geraubte, eingefangene Freiheit? Ist die Ruhelosigkeit des Mannes auf der einsamen Bank in Theresienstadt dieselbe wie die jenes anderen in den übervollen Prager Straßen? Gibt es Trost oder gar Befreiung von Alpträumen für die beiden?

Auf den verschlungenen Wegen unseres Gedächtnisses kommt mir bei dieser Frage, für die ich keine Antwort weiß, plötzlich der junge Mann im lila T-Shirt, seine aufgebrachte Stimme bei jenem Kolloquium in den Sinn, das ich vor kurzem im hiesigen Rathaus gedolmetscht habe. Wenn dieser junge Deutsche gerade hierher gekommen ist, wenn überhaupt junge Leute mit ihren berechtigten Empörungen und Entschlossenheiten hier, gerade hier, unbekümmert das Wort ergreifen und ihre Fragen und Forderungen stellen, dann kann selbst Theresienstadt endlich aufatmen und an eine Zukunft glauben. Vielleicht könnten dann sogar die ruhelosen Hände gleichfalls endlich ihre Ruhe finden.

Kein Mensch auf der Straße. Auch das wird sich eines Tages ändern. Die Märchenzwerge werden damit nichts gemein haben, nur die Menschen, die Menschen.

Tragischer Irrtum und richtige Diagnose

Es war an einem tropisch heißen Sommertag, als ich auf dem hellen Fußbodenbelag im Wohnzimmer plötzlich einen dunklen Punkt bemerkte. Einen dunklen Punkt, der sich ein bißchen unsicher torkelnd bewegte. Eine verirrte Hummel. Ich beschloß, sie zu retten, holte ein Blatt Papier, versuchte es ihr unterzuschieben. Das arme Geschöpf wehrte sich verzweifelt, hielt die glatte Fläche für eine unbekannte Gefahr. Ich sprach ihm gut zu, aber es konnte mir nicht glauben, bangte immer mehr um sein Leben. Erst nach einigen mißglückten Versuchen gelang meine Rettungsaktion. Wie ein Blitz schoß die kleine Hummel aus dem offenen Fenster ins Freie, kreiste ein paarmal in der flimmernden Luft, schien es nicht fassen zu können, daß sie noch lebte, daß sie wiederum leben konnte. Ich blickte ihr nach und war glücklich, was uns da beiden gelungen war, konnte diesen fröhlichen Augenblick, der zunächst so hoffnungslos zu sein schien, lange nicht vergessen.

Hoffnungslos?

Mitunter widerfährt das wohl einem jeden von uns: Eine bleischwere Stunde, in der man das Gefühl hat, an einem Abgrund zu stehen, vielleicht sogar vor einem Nichts, das niemand kennt, vor dem man Angst hat und vor dem es in dieser Stunde kein Entrinnen mehr gibt. Manchmal war es eine Tür, eine wirkliche Tür, die hinter mir zuklappte, böse klirrend oder unheimlich lautlos ins Schloß fallend – und ich war ausgestoßen aus der alltäglichen, wunderbaren Welt, in der ich mich bis dahin, wie mir nun schien, unbekümmert bewegt hatte unter anderen Menschen als einer von ihnen, mit der Sorglosigkeit und manchmal auch kleinmütigen Besorgtheit eines gewöhnlichen Lebens.

Als mir das zum ersten Mal geschah, wenige Tage nach dem Ausbruch des zweiten Weltkrieges, war ich sehr jung, und neben dem Schreck vor dem jähen absoluten Ausgeliefertsein begann zugleich auch schon ein Flämmchen Abenteuerlust in mir aufzuflackern. Was kam da auf mich zu? Was sollte ich nun erleben? Gefangensein ist etwas, das man sich nur ungefähr vorstellen kann, selbst wenn man noch so viel darüber gelesen und gehört hat. Gefängnisse sind eine Welt für sich, in der alles anders ist: die Dinge, die Menschen, die Zeit, Schmerz und selbst Fünkchen von Freude, blasse Blümchen, die tapfer dem eisigen Hauch des aufgezwungenen Nichtseins widerstehen. Paß auf, begann es damals in mir zu schwingen, hier gibt es etwas, das dir bislang verschlossen war, jetzt wirst du es kennenlernen. Denn auch das hier ist noch kein Ende, dabei bleibt es nicht, es kann ja nicht dabei bleiben, laß keine Hoffnung fahren ...

Wo habe ich das bloß gelesen?

Es konnte aber auch durchaus anders kommen. Ein weißer Korridor mit weiß lackierten Türen und weißer Stille in der Luft. Ich selbst war an diesem Ort auch irgendwie weiß, blank gerieben innen und außen. Unter einem weißen Laken auf einem fahrbaren weißen Tisch. Ein Mann, auch er in einem weißen Kittel, schob mich sacht vorwärts vor eine breite lautlose zweiflügelige Tür. Er sprach nicht mit mir, denn ich befand mich in einem Dämmerzustand, und dennoch wußte ich: Hinter dieser Tür wird sich in ganz wenigen Augenblicken zeigen, ob nun Schluß ist mit mir, aus mit allem, oder ob ich noch weiter sein werde. Sein oder Nichtsein ...

Das habe ich doch auch irgendwo gelesen. Ach, dieser Dämmerzustand! Nun, wie auch immer, auf jeden Fall muß ich es festhalten, das Sein. Und mit diesem sonderbar klar umrissenen Gedanken glitt ich aus dem Laken und überschritt auf unsicheren Beinen allein die weiße Schwelle.

Dieses Erlebnis begab sich schon vor sehr vielen Jahren, vor einer ganzen Reihe von Jahrzehnten. Bei meiner ersten Krebsoperation. Schon dieses Wort versetzt die meisten

Menschen in Panik, nimmt ihnen alle Widerstandskraft. Damals, vor einer ganzen Reihe von Jahrzehnten, war man der schlimmen Krankheit gegenüber übrigens viel hilfloser als heutzutage, hatte weniger Kenntnisse und ein recht dürftiges Arsenal von Mitteln gegen sie. Um so mehr mußte man für die Abwehr auch die winzigsten Krumen seines Lebenswillens zusammenklauben, selbst das zerstörteste Fünkchen Lebensfreude in sich entfachen.

»Na?« ließ sich eine Frauenstimme neben mir vernehmen, als ich mich damals mühsam, wie von unsichtbaren Klammern zusammengepreßt, aus dem Zustand der Bewußtlosigkeit aufrappelte: »Sind Sie wieder da?«

Sind Sie wieder da. Ein wunderbarer Satz, einer der schönsten, die ich je zu hören bekommen habe.

Ich versuchte mich herumzudrehen. Sehr langsam, aber es gelang. Die Frau im Nebenbett war viel älter als ich, hatte ein von lebenslanger Rackerei ermüdetes Gesicht, Falten um die Augen, Furchen am Kinn, aber ein freundliches halbes Lächeln für mich.

»Holen Sie tief Atem«, riet sie mir. »Das Fenster ist geöffnet, draußen liegt Schnee. Das erfrischt.«

Vorsichtig wandte ich den Kopf auf die andere Seite, in die Richtung des Fensters. Erblickte draußen einen Baum mit einer stattlichen Schneemütze. Vielleicht eine Tanne.

Eine Tanne? Oh, Tannenbaum …

»In wieviel Tagen ist Weihnachten?« fragte ich meine Nachbarin noch ein wenig lallend.

»Zehn. Eigentlich nur mehr neun«, sagte sie, ohne die geringste Spur von Erstaunen ob meiner wohl doch etwas überraschenden ersten Worte. »Da muß ich schon zu Hause sein«, fuhr ich langsam fort.

»Ich habe eine kleine Tochter, zwei Jahre alt.«

»Neun Tage, das ist ziemlich knapp«, meinte sie, fügte aber gleich noch hinzu: »Aber man weiß ja nicht, vielleicht gelingt es Ihnen.«

»Bestimmt!« Ich bemühte mich, überzeugend zu klingen, als ob die Patientin im Nebenbett meine Entlassung aus dem Krankenhaus mitentscheiden könnte. »Haben Sie auch Kinder?«

Diese Frage tat mir sofort leid, die Frau sah schon eher nach Enkelkindern aus. Aber sie lachte kaum hörbar.

»Ich habe einen Buben«, verkündete sie, »einen sehr braven Jungen. Ich arbeite als Putzfrau in einer Schule, wische die Klassenzimmer auf, auch die Korridore, den Konferenzraum des Lehrkörpers, das Büro des Direktors, na eben alles. Das Schulgebäude ist alt, es wird dort noch mit Öfen geheizt, das macht viel Schmutz. Mein Junge ist vierzehn Jahre alt und hilft mir, so oft und so viel er kann. Besonders in letzter Zeit, weil mir doch der Bauch so weh tat. Und dabei braucht er seine Hände zu etwas ganz anderem.«

»Ja?« fragte ich, ein bißchen müde von der Aufzählung sämtlicher Schulräumlichkeiten. »Was macht er denn?«

»Er geht in die Lehre, soll Konditor werden.« Wieder lachte sie fast lautlos vor sich hin. »Er findet den Duft in der Bäckerei so schön, schon davon kann man richtig satt werden, meint er. Aber wonach er schon immer ganz verrückt war, das sind Kremrollen.« Nun lächelte mir die Frau voll zu, ihr schlaffes Gesicht nahm einen leicht rosigen Hauch an. »Die kann er jetzt auch schon, macht sie prima. Als er klein war, wollte er immer, daß ich ihm eine kaufe, hätte sie am liebsten jeden Tag genascht. Na ja, manchmal bekam er sie ja auch, aber meistens nicht, es gab wichtigere Sachen, die wir brauchten. Und nun macht er sie selbst und bringt sie mir. Am Nachmittag kommt er, dann kriegen Sie auch welche. Die stellen einen wieder richtig auf die Beine.«

Nach dieser langen Rede schwieg sie erschöpft. Vor einer Woche war sie an einem Krebsgeschwür operiert worden und knapp dem Tod entronnen. Aber sie klagte nicht, bedauerte sich nicht, war stolz und glücklich, daß ihr Sohn schon selbst die heiß ersehnten Kremrollen herzustellen verstand und sie damit beschenken konnte.

Ich schloß die Augen. Vor wenigen Stunden war ich eine ganze Zeitspanne lang kaum noch gewesen. Als ich jene weiße Schwelle überschritt, war ich nicht imstande mir vorzustellen, daß es in der Tat kein Zurück mehr geben konnte. Wollte es nicht wahrhaben, wollte es nicht zulassen, rief alles in mir auf, um mich dagegen zu wehren. Und dennoch überkam mich wieder und wieder dumpf und pechschwarz das Gefühl, ob es nicht leichter wäre, alles aufzugeben, sich gehen zu lassen, komme, was da komme, einfach nicht mehr zu sein. Was in solchen Minuten hilft, sind die natürlichsten Dinge im Leben: das Kind, der Mann, der hellichte Tag, ein Brief von irgendwo, der rosarot blühende Blumentopf zu Hause auf dem Schreibtisch, gehen, laufen, lachen, ein Buch, ein Stück Brot, ein Glas Milch ... Vielleicht auch Kremrollen. Der Gedanke an die natürlichsten, selbstverständlichsten Dinge des Daseins. Und der Wille zum Überleben.

Wie komisch, dachte ich, immer noch mit geschlossenen Augen, daß zu den ersten Sachen, die nach meiner Rückkehr aus dem Zwischendasein auf mich zukommen, Kremrollen eines zukünftigen Zuckerbäckers zählen.

Am Nachmittag erschien nach kurzem Klopfen ein dicklicher Junge in der Tür, trat an das Bett seiner Mutter, die gar nicht so aufstrahlte, wie ich es erwartet hatte, wußte nicht recht, was er ihr sagen sollte, holte fast wortlos ein sorgfältig hochgewickeltes Paket aus einem sportlichen Sack hervor und enthüllte daraus eine kleine Pyramide reichlich gezuckerter, prall mit Schlagsahne gefüllter Kremrollen, die das ganze Krankenzimmer augenblicklich mit süßem Duft erfüllten.

»Gib auch der Frau«, sagte seine Mutter und wies mit den Augen auf mich.

»Bedienen Sie sich bitte!« Bereitwillig hielt mir der Junge seine Pyramide unter die Nase. »Sind selbstgemacht.«

Ich konnte noch nicht essen, nahm jedoch dankend zwei Stück und legte sie auf den Teller auf meinem Nachttisch. Da ging abermals die Tür auf. Mein Mann und mein Töchterchen standen auf der Schwelle. Das Kind blieb zögernd stehen, blickte sich scheu und etwas ängstlich um, war noch nie in einem Krankenhaus gewesen. Plötzlich hellte sich das kleine Gesicht auf.

»Kremrollen«, rief sie und lief stracks zu meinem Bett. »Darf ich, Mutti?«

Da ging es mir ein bißchen unverschämt, aber glücklich durch den Kopf: Die Erde hat mich wieder. Ein etwas hochtrabender Satz, der mir da einfiel. Er hatte sich in meinen Kopf eingeschlichen: Die Erde hat mich wieder.

Wer selbst schon einmal am Rande des Abgrunds stand, der das Leben vom Tod trennt, wird mich verstehen. Es ist die Kraft, die Macht der einfachsten Dinge und der natürlichsten Empfindungen, die einen zurückführt, festhält und mit vorsorglicher Sicherheit umgibt. Man muß ihnen aber vertrauen. Was einem dabei durch den Kopf geht, ist nicht wichtig. Entscheidend ist, daß man seinem geschwächten Leben ein bißchen nachhilft.

Ich war noch keine zwanzig Jahre alt, als ich die Wohnung meiner Eltern verließ und in der Prager Altstadt eine Mansarde mietete. Es war ein Zufall, daß sich mir diese Behausung nach mehreren mißglückten Versuchen gerade in der Melantrichgasse anbot, in dieser winkeligen und kurzen Straße, die dann an meinen weiteren Geschicken ein wenig mitbeteiligt war.

Meine Mutter sah mich natürlich ungern von zu Hause fortziehen, machte allerhand Bedenken geltend, hatte aber insgeheim wohl Verständnis für mein Bedürfnis nach Selbständigkeit und äußerte nur eine einzige kategorische Bedingung: sie müsse einen Schlüssel zu meiner neuen Unterkunft haben. Ich könnte ja schließlich krank werden, oder mir könnte sonst etwas zustoßen. Dabei hatte sie allerdings noch anderes im Sinn. Wenn ich am Abend nach der Arbeit nach Hause kam, stand manchmal eine Schüssel mit Kuchen auf meinem Tisch, oder im Schrank lag eine Garnitur frisch gewaschener Bettwäsche, unter meinem spärlichen Geschirr fand ich zwei neue hübsche Teetassen. Mit ähnlichen Kleinigkeiten hatte ich sie früher gern überrascht. So verschieden wir waren, so waren wir einander doch sehr nahe, und seit wir uns nicht mehr täglich sahen, eigentlich noch viel näher.

Seit wir einander nicht mehr täglich sahen, kamen wir mitunter »auf neutralem Boden« zu einem Kaffeeplausch zusammen, verbrachten miteinander zwei knappe Ruhestündchen, die uns beiden wohltaten und auch richtig Spaß machten. Manchmal war noch Mutters wohl einzige Jugendfreundin, die Schwester einer einstigen Schulkameradin, mit dabei. Die hatte mich schon immer mit ihrer volltönenden, dunklen, fast männlichen Stimme fasziniert, die in unerwartetem Kontrast zu ihrer prachtvollen, kupfergoldenen Haarkrone stand. Und dann ihr Name! Denn die rüstige Dame, die so entwaffnend ungehemmt in ihrem Benehmen war, hieß Elsa von Töpfer. Der einzige Mensch mit einem Adelsattribut, dem ich bis dahin persönlich begegnet war. Ich habe nie herausbekommen, wie vertraut die beiden so unterschiedlichen Freundinnen, die einander Fräulein Elsa und Frau Franzi titulierten, in ihrem Umgang wirklich waren. In meiner Gegenwart unterhielten sie sich über Konzerte, gelesene Bücher, das allgemeine Geschehen in der Welt. Sicher war es anders, wenn sie allein waren. Es war ja auch anders, wenn Fräulein Elsa bei meinen »Rendezvous mit Mutter« nicht dabei war. Deshalb mochte ich sie und mochte sie auch wieder nicht.

Meine Mutter, die damals um die fünfzig war – was in jenen Zeiten, Mitte der dreißiger Jahre, im Unterschied zu heute als ein schon fortgeschrittenes Alter angesehen wurde –, fühlte sich an dem Marmortischchen im Café Louvre, dem heutigen Café Ganys in der Prager Nationalstraße, wo wir meistens zusammenkamen, viel freier als zu Hause, wo sie ständig von Sorgen und Verantwortung bedrängt wurde. Hier sprach sie mitunter sogar von eigenen Gefühlen, was sie in ihren vier Wänden niemals zustande gebracht hätte. Und einmal sagte sie, und sagte es ganz fröhlich:

»Als wir die Steuerexekution hatten, kannst du dich daran noch erinnern?, damals dachte ich, das kann ich nicht überleben. Zuerst die Schande und dann die gräßliche Angst, vor dem Nichts zu stehen. Ihr zwei, Alice und du, wart ja noch recht klein. Ich weiß bis heute, wie mir die Hände zitterten und die Füße weich wurden. Und da bist du plötzlich in deinem Nachthemd anmarschiert und hast deine Weisheit von dir gegeben. Das war schrecklich komisch. Die Beamten waren ganz verdattert, und ich sagte mir: Die Kinder, dir bleiben doch die Kinder, und für die mußt du sorgen. Da wurde ich auf einmal ganz ruhig.«

Ich war damals wirklich noch ein Kind und selbst ganz schön aus dem Häuschen geraten. Denn es war Nacht, und jemand klingelte Sturm an unserer Wohnungstür. Wie ich später erfuhr, schrillte die Klingel in den frühen Morgenstunden, aber es war noch ganz dunkel und für mich Nacht. Wir lebten damals in einem alten Prager Haus. Den Eingang in die Wohnung bildete ein langer, fensterloser Korridor. Das heißt, ein Fenster hatte er doch, nur führte es nicht ins Freie, sondern in das Zimmer, in dem ich mit meiner kleinen Schwester schlief. Gerade über meinem Bett befand sich die viereckige verglaste Öffnung in das Vorzimmer, bedeckt mit einem reichlich gefalteten, oben und unten an einer Messingstange befestigten Vorhang. Den konnte ich zum Glück ganz leicht beiseite schieben, und die kleine Alice und ich betrachteten durch dieses geheime Guckloch gern, was sich in dem Vorraum abspielte. Zu unserem Leidwesen war dort meistens nicht gerade viel los. Ein Mann brachte große Eiswürfel für unseren primitiven Kühlschrank, selten kam Besuch für unsere ältere Schwester, noch seltener für die Eltern.

In jener Nacht, genauer in jener frühen Morgenstunde, weckte mich das laute Klingeln. Ich fuhr hoch, bekam Herzklopfen, die barschen fremden Stimmen zogen mich jedoch beinahe magisch zu dem Fenster über meinem Bett. Als ich den Vorhang vorsichtig ein wenig lüftete, erblickte ich zwei unbekannte Männer, mit denen meine Mutter, den Morgenrock über ihrem Nachthemd, ein, wie mir schien, sehr erregtes, aber leider geflüstertes und für mich somit unhörbares Gespräch führte. Schließlich verschwanden sie alle drei im Schlafzimmer meiner Eltern. Sonderbar, mitten in der Nacht, Mutter in Nachthemd und Morgenrock und zwei fremde Herren. Hinter der Tür ging das erregte Gespräch offenbar weiter, wurde noch erhitzter, besonders Mutter kreischte jetzt geradezu. Merkwürdig, das passierte ihr sonst doch ganz, ganz selten.

Meine kleine Schwester erwachte nun auch und begann zu weinen.

»Psst«, zischte ich, »heul nicht, komm lieber schnell zu mir.«

Bereitwillig kletterte sie aus dem Bett und tapste in der Dunkelheit herbei. Sie ließ es auch ohne Protest geschehen, daß ich sie ganz unter meine Bettdecke schubste. Ich tat dies nicht nur wegen ihrer eiskalten Füße, sondern vor allem, weil ich das Gefühl hatte, daß sie zusammengekuschelt in der wohligen Wärme am sichersten untergebracht war. Denn die fremden Männerstimmen nebenan hatten inzwischen einen nahezu bedrohlichen Klang angenommen, und in Mutters protestierenden Antworten schwangen schon Tränen mit.

Allmählich wurden auch meine Füße kalt. Das konnte unter der warmen Decke nur deshalb passieren, weil ich langsam von einem bisher unbekannten Schrecken erfaßt wurde. Ich preßte Alice an mich, und sie schlief dabei gleich wieder beruhigt ein. Ich aber hatte Angst. Was war da plötzlich über uns hereingebrochen? Was wollten die Fremden mitten in der Nacht von meiner Mutter? Warum war sie so verstört und warum hatte sie sie überhaupt zu dieser ungewöhnlichen Stunde hereingelassen? Sicher waren die Männer gefährlich, und sie fürchtete sich vor ihnen. Außer den kalten Füßen bekam ich nun auch noch eiskalte Hände und mußte aufpassen, um meine Schwester nicht mit ihnen zu berühren. Jetzt bin ich wie ein Frosch, fiel mir ein, wie ein Frosch im Märchen, der eigentlich eine verwunschene Prinzessin ist.

Nebenan ging eine Schranktür auf. Das konnte ich erkennen, denn sie knarrte immer ein wenig.

»Machen Sie keine Geschichten«, sagte eine Männerstimme barsch.

Mutter weinte. Ich bekam Bauchschmerzen.

»Hol alles heraus«, befahl der andere Mann.

Bestimmt war damit auch die kleine Metallkassette gemeint, in der Mutter ganz hinten im Wäscheschrank ihre zwei glitzernden Ringe und die funkelnde Brosche aufbewahrte, »für alle Fälle«, wie sie zu sagen pflegte, wenn ich die Dinger manchmal betrachten durfte.

Und da geschah es: Mutter begann zu schreien.

»Das nicht«, schrie sie. »Sie können mir doch nicht alles wegnehmen. Etwas muß mir bleiben. Was ist, wenn die Kinder krank werden.«

Und da geschah etwas in mir. Erst begann es in meinem Kopf zu kribbeln, als ob meine Gedanken Flöhe wären und auf einmal wild hin und her hüpften. Das dauerte bloß eine Sekunde oder so, dann wurde ich mit einem Mal ruhig, meine Hände und Füße waren nicht mehr klamm, meine Angst vor dem unverständlichen Geschehen im Nebenzimmer kauerte nur mehr bewegungslos in einem winzigen Winkel meines Kopfes, knabberte noch ein bißchen an mir.

Ich verstaute Alice etwas tiefer unter der Decke und rutschte selbst hinaus.

Als ich auf Mutters Zimmer zuschritt, waren meine Füße weiterhin ein wenig steif, einer der Flöhe in meinem Kopf flüsterte mir zu, ich könne ja auch noch umkehren, im warmen Bett verschwinden. Da faßte ich schnell nach der Türklinke.

»Laß nur, Mutti«, verkündete ich von der Schwelle aus, »gib den Herren ruhig alles. Uns fehlt nichts, wir sind ganz gesund.«

Das war es, woran sich Mutter nach so vielen Jahren bei unserem Kaffeestündchen im Café Louvre erinnerte. Ob mein damaliger Auftritt vor den beiden Steuerexekutoren gerade das Wahre war, bleibe dahingestellt. Ich glaube freilich zu wissen, daß es mir in jener sonderbaren Morgenstunde zum ersten Mal gelungen ist, mit großer Angst vor einer unbekannten und darum um so unheimlicheren Gefahr fertig zu werden und etwas Schlimmes heil zu überstehen. Das mag übertrieben erscheinen, aber wenn man nachgrübelt und sich selbst zu verstehen versucht, entdeckt man oft überraschende Zusammenhänge, und meistens sind es wiederum ganz einfache Dinge und Ereignisse, die einen Schlüssel für die komplizierteren bieten.

Als ich zum ersten Mal bestrahlt werden mußte, hatte ich keine Vorstellung, was mich erwartete. Man hatte mir gesagt, das müsse sein, so wie man mir vorher gesagt hatte, man müsse mich operieren. Ich verstand so gut wie nichts von der Zauberkunst der Medizin und gestattete mir deshalb nicht, Ratschläge und noch weniger undiskutierbare Anweisungen anzuzweifeln. Wie hätte ich auch ahnen können, daß ich viele Jahre später, jawohl *viele* Jahre später, in der Lage sein würde, allerhand aus dem Bereich dieser mit Leben und Tod umgehenden Wissenschaft zu begreifen, weil mir ein neues Betätigungsfeld, nämlich simultanes Dolmetschen bei medizinischen Konferenzen und Kongressen, die Möglichkeit bot, etwas von diesem Gegenstand zu hören, ja sogar auch etwas davon zu sehen, was einem Laien sonst kaum zugänglich ist. Gewiß hat zu meiner Einstellung gegenüber unabdingbaren Behandlungsmethoden auch der Umstand beigetragen, daß mein Mann Arzt war, wiewohl er diesen Beruf, als ich ihn kennenlernte, nicht mehr ausübte. Allerdings mit einer Ausnahme: Als im Jahr 1936 in Spanien der Bürgerkrieg gegen General Francisco Franco und seine faschistischen Verbündeten ausbrach, stellte er sich der bedrohten spanischen Republik zur Verfügung, wurde Arzt der französischen XIV. Internationalen Brigade La Marseillaise. Wenn man den Ratschlägen seines Arztes mißtraut, pflegte mein Mann zu sagen, der mit ihnen selbst sehr sparsam umging, und lieber den Ratschlägen von Nachbarn folgt, begibt man sich mit Sicherheit in Gefahr. Das leuchtete mir ein. Es half mir auch, daß einer meiner lebenslangen Freunde, ein Schulkamerad seit der ersten Klasse am Gymnasium, ein angesehener Professor der Medizin und mein getreuer Ratgeber wurde. Von ihm, der doch gut wußte, wovon er sprach, habe ich gelernt, daß lebenswichtige Entscheidungen nur ganz selten von einem einzigen Arzt und unbedingt nach reiflicher Erwägung auch anderer Alternativen gefällt werden. Daran hielt ich mich, und darum fiel es mir auch nicht besonders schwer, die Ratschläge meiner Ärzte zu befolgen. Natürlich bekam ich im Laufe der Zeit auch von erschreckenden Fehlentscheidungen oder gar fatalen Anordnungen zu hören. Viel öfter aber davon, wie jemand in seiner Angst um sich oder jemanden seiner Lieben von einem Arzt zum anderen rannte, Ratschläge verglich und gegenüberstellte, was meistens in ratloser Verzweiflung oder gar persönlicher Fehlentscheidung endete. Ich habe in meinem ganzen Leben den Menschen lieber Vertrauen als Mißtrauen entgegengebracht. Ärzte bilden dabei keine Ausnahme. Das kann selbstverständlich nicht immer gut ausgehen. Und so habe ich oft genug Enttäuschungen hinnehmen und manch eine bittere Erfahrung verwinden müssen. Dennoch hat sich gezeigt, daß Vertrauen imstande ist, auch beim anderen Vertrauen auszulösen. Diese Einstellung, die keineswegs ausschließlich und immer und überall gültig sein kann, wie ja übrigens auch sonst nichts in unserem Leben, hat mich bei meinen Ärzten fast ausnahmslos in sorgfältige, verständnisvolle Pflege geführt.

Als ich damals zum ersten Mal bestrahlt werden mußte, gab es dafür nur den Röntgenapparat. Man versicherte mir, die Behandlung sei völlig schmerzlos, könne jedoch einige unangenehme Nebenwirkungen hervorrufen. Deshalb gebe man dabei einem Aufenthalt im Krankenhaus den Vorrang. Nur den Vorrang, wollte ich wissen, das ist kein Muß? Der Leiter der Bestrahlungsabteilung eines großen Prager Krankenhauses, ein älterer, sehr kompetenter und sachlicher Mann, blickte mich ein wenig belustigt an.

»Das hängt von Ihnen ab.«

»Gut«, sagte ich, »wie oft muß ich herkommen?«

»Jeden Tag«, lautete die Antwort, »mindestens vier Wochen lang. Dann werden wir weiter sehen. Aber wie gesagt, es kann Ihnen übel werden, dann müßten wir Sie hier behalten.«

Ich nickte nur. Konnte dem Herrn Professor doch nicht sagen, daß ich nicht nur versuchen wollte, bei meinem Kind zu Hause zu bleiben, sondern auch keine Übelkeit zuzulassen. Ich war nicht sicher, ob er für eine solche Erklärung Verständnis haben würde. Aber wenn ich mich damit abfinden mußte, daß die Operation gewisse, nicht wiedergutzumachende Spuren an mir hinterlassen hatte, dann würde ich doch wohl auch mit etwas Nausea fertig werden.

Ich war in jener Zeit Journalistin, mein Arbeitgeber stellte mir für meine tägliche Fahrt ins Krankenhaus am Rande der Stadt einen Dienstwagen zur Verfügung, der mich nach der Behandlung direkt in die Redaktion brachte. Jeden Morgen holte mich der Fahrer von zu Hause ab, blickte mich prüfend an und fragte:

»Na, wie gehts?«

»Danke, alles in Ordnung.«

Dann fuhren wir los. Im Spital warteten stets mehrere Frauen in Pantoffeln und blau-weiß gestreiftem Kittel auf die Behandlung (Männer kamen zu anderen Stunden an die Reihe), führten mehr oder weniger geflüsterte Gespräche:

»Wie war die Nacht?«

»Fragen Sie lieber nicht!«

»Ich kann überhaupt nichts essen.«

»Mein Kopf saust wie eine Motorsäge.«

Ich stellte mich ein wenig beiseite, wollte das alles gar nicht hören. Mitunter hatte ich gleichfalls Kopfschmerzen und jetzt auch noch diesen dummen metallischen Geschmack im Mund, der mit nichts wegzubringen war. Die vorgewarnten Nebenwirkungen? Nein und nein!

Die Röntgenbestrahlung verlief vor nunmehr über vierzig Jahren so, daß man rund um die in Frage kommende Stelle mit kleinen, prall mit Sand gefüllten Säckchen belegt wurde. Wegen der Isolierung, wie mir erklärt wurde. Dann stellte der Professor die Maschine ein, verließ den Raum, und ich blieb allein zwischen den mit Bleiplatten verkleideten vier Wänden. Die Bestrahlung dauerte natürlich nur wenige Minuten und machte damals auf mich keinen besonderen Eindruck.

»Nun, wie fühlen Sie sich?« erkundigte sich der Professor, als er wiederkam und mich von den Sandsäckchen befreite.

»Danke, es geht.«

»Und was geht nicht?« Er ließ nicht locker. »Zu mir müssen Sie aufrichtig sein, ich bin es zu Ihnen auch.«

Da gestand ich ihm den metallischen Geschmack im Mund. Er hörte mich kopfnickend an.

»Das kommt oft vor«, bemerkte er in seiner trockenen Art, »ich verschreibe Ihnen Pillen, mit denen werden Sie diese unangenehme Sache sofort los. Sonst nichts?«

Jahre später, nach meiner dritten Operation, mußte ich abermals bestrahlt werden, und da war alles ganz anders. Da stand schon ein ganzes Arsenal von Maschinen und Computern, Spezialisten und medizinischen Technikern bereit, um den Patienten und die ihn bedrohende Gefahr zu bemessen und zu berechnen, auf seinem Körper und zugleich auch auf Bildschirmen zu bezeichnen und zu registrieren. An einer Tür in der Onkologischen Abteilung des Allgemeinen Krankenhauses, wo ich diesmal behandelt wurde, kann man lesen: Vorbereitungsraum für Bestrahlungspläne. Sicher gibt es in spezialisierten und noch größeren Einrichtungen in größeren und vor allem reicheren Ländern weitere raffinierte Ausrüstungen und technische Wundermaschinen. Aber mich überwältigte geradezu der Fortschritt, den ich sozusagen am eigenen Körper feststellen konnte.

Überwältigte und verunsicherte zugleich. Der gute alte Professor mit seinen Sandsäckchen war doch viel mehr auf sich, auf sein Verantwortungs- und Fingerspitzengefühl angewiesen. Tastete mit Blick und Hand immer wieder die gefährliche Stelle ab, stand mit dem Kranken in unmittelbarem, persönlichem Kontakt. Wie war das nun? Gewiß, Maschinen sehen mehr, erfassen die Gefahrenherde genauer. Aber drängten die Computer und medizinischen Techniker nicht den Arzt und sein menschliches Mitempfinden beiseite? Mußte sich der Patient zwischen ihnen nicht ein wenig verlassen und verloren fühlen? Eine Maschine weiß doch nichts von Todesangst, ist nicht imstande, dem Menschen in seiner größten Not beizustehen. Und diese Not kann jeden, der in ihr Wirkungsfeld gerät, mit ihrem eisig kalten knöchernen Finger berühren. Wann immer ich an der Tür mit der Aufschrift »Vorbereitungsraum für Bestrahlungspläne« vorbeikam, wann immer ich im Wartezimmer der Radiationseinheit die verkrampften, zuckenden oder stumpf resignierten Gesichter meiner Mitpatienten wahrnahm, gingen mir diese Fragen durch den Kopf. Das waren nicht die hüpfenden Flöhe meiner Kindheit, das sind die bleischweren Brocken jener Stunden, in denen man alles in sich zu Hilfe rufen muß – Erinnerungen an Vorhaben, Pflichten und die besten Gaben des Daseins, um standzuhalten und sich nicht selbst aus Angst und Kleinmut vorzeitig aus dem Leben zu streichen.

Es ist begreiflich, daß mit den Maschinen vornehmlich junge Ärzte, Laboranten, Techniker und Krankenschwestern manipulieren. Sachlich, für ihre Arbeit sehr eingenommen, frei von Vorurteilen, sehr präzis. Ihre Apparate faszinieren sie, dem geringsten Versagen wollen sie unverzüglich auf die Spur kommen. Hier dürfen keine Fehler unterlaufen. Mit großer Geduld und Ausdauer berechnen und verzeichnen sie ohne Nervosität stets von neuem, was sich ereignet hat, wiederholen einige Male denselben Prozeß, bis sie einen eventuellen Fehler entdecken.

Und ihr Objekt? Der Mensch, der vor ihnen auf dem Tisch liegt, um verzeichnet und berechnet und schließlich behandelt und tunlichst geheilt zu werden? Sind diese jungen Mediziner auch ihm gegenüber geduldig und keine Spur nervös? Ich glaube, das hängt zum Teil, vielleicht sogar in beträchtlichem Maße, auch von dem Menschen auf dem Tisch ab. Vertrauen spielt hier abermals eine wichtige Rolle. Zu oft habe ich zu hören bekommen: »Ach Gott, da kommt schon wieder der Junge!« Oder: »Na, Mahlzeit, heute hat wieder die Blondine mit den Ohrringen Dienst!« Als ob Jugend und Schönheit verwerflich oder gar schädlich wären.

Dabei ist im Krankenhaus jedes hübsche Gesicht ein Lichtstrahl und jede jugendliche Frische und Nettigkeit aufmunternd und erholsam. Mir wurde richtig warm ums Herz, als ich eines Tages einen der jungen Ärzte der Krebsstation dabei antraf, wie er auf dem an sich scheußlichen, unverzeihlich vernachlässigten und deprimierenden Gelände vor dem grauen Gebäude rings um einen Baum, der wohl schon zur Zeit des Gründers des ganzen Komplexes, Kaiser Josef II., dorthin verdammt worden war, in einer freien Stunde die harte Erde umgrub und Blümchen pflanzte. Einige Wochen später, als sich die Frühlingssonne erbarmte und auch zwischen die alten Gebäude hindurchschlüpfte, erblühten seine Blumen in bunten Farben, und einige Patientinnen saßen rings um den Baum auf weißen Stühlen und freuten sich an dem Stückchen Natur. Als ich mit dem jungen Arzt einmal darüber sprach, lachte er nur und meinte, ihm mache so etwas einfach Spaß.

Ich mußte, wie schon bemerkt, neuerdings bestrahlt werden. Siebenundvierzigmal, allerdings in sehr kleinen Fraktionen. »Meine Frau Dozentin«, die mich nunmehr behandelte, bei der ich mich vom ersten Augenblick an geborgen fühlte, bewilligte mir auch diesmal eine ambulante Behandlung. Ich mußte nur abermals täglich im Krankenhaus erscheinen. Und wiederum warnte man mich, Nebenwirkungen seien bei dieser Art von Strahlentherapie unvermeidlich.

»Könnte ich immer mittags kommen?« fragte ich die Laborantin, als ich zum ersten Mal bestellt wurde.

»Warum nicht, wir sind den ganzen Tag hier«, sagte die Frau freundlich. »Sie sind nicht aus Prag?«

»Doch, aber an manchen Tagen arbeite ich und möchte dann die Mittagspause für die Behandlung ausnützen.«

»Sie arbeiten?« Sie blickte mich erstaunt an, warf einen Blick auf mein Geburtsdatum auf der Karte mit meiner Krankheitsgeschichte, die sie in der Hand hielt, dann schaute sie mir ins Gesicht und sagte: »Also gut. Es kann Ihnen allerdings ziemlich schlecht werden, meistens passiert das.

Aber wir wollen es erst einmal versuchen.« Und sie lächelte mich an, und ich lächelte zurück. Abgemacht.

Wann immer ich mich daran erinnere, wie ich zum ersten Mal ins Gefängnis kam, kurz nach Ausbruch des letzten Weltkriegs, ist meine Erinnerung schwarz-blau, verdunkelt. Als ob es weder Tag noch Nacht gegeben hätte. Fenster, durch die man nicht hindurchblicken konnte, Laute, die man bisher nie vernommen hatte. Als ob eine Zeit angebrochen wäre, die es sonst nicht gibt. Von einer Stunde auf die andere wird man in dieser Nichtzeit aus dem Leben ausgestoßen, wird zu einem Ding in fremden Händen. Stellen Sie sich hierher, gehen Sie dorthin. Fragen Sie nicht, warten Sie. Warten ist da offenbar die Hauptsache. Tagsüber wartet man auf Kommandos, Transporte, Verhöre, das Essen, bekannte Geräusche, unbekannte Begebnisse, das Tagesende. Nachts wartet man auf den Schlaf. Wartet und wartet und malt sich immer wieder den Augenblick der Entlassung aus. Den gibt es freilich nur im Schlaf, der Augenblick der Entlassung ist ein Traum. Er reicht jedoch in den Tag hinein und hört nie auf. Eine Zeit ohne Konturen, deren Ende nicht abzusehen ist.

Wann immer ich mich daran erinnere, wie ich zum zweiten Mal ins Gefängnis kam, das geschah etliche Jahre nach Kriegsende, ist meine Erinnerung grau-grün, milchig trüb. Ohne Licht und Wärme, hart und unerbittlich. Die Farbe von Steinen. Vielleicht weil ich schon wußte, was Gefangensein bedeutet. Aber ich wußte bei weitem noch nicht alles. Als ich zum ersten Mal hinter Gitter kam, war ich einem Gegner in die Hände geraten. Zum zweiten Mal war ich, wie es später hieß, das »Opfer eines tragischen Irrtums« geworden. Milchig trüb klang das, hart und glatt. Eine Zeit ohne Konturen, ein gestohlenes Stück Leben. Ein tragischer Irrtum, den niemand meinem Töchterchen zu erklären vermochte, als es an seinem ersten Schultag nicht wie alle anderen Kinder an der Hand seiner Mutter dem geöffneten Schultor zustrebte. Ein solcher Irrtum kann auch nicht mit oft gleichgültig wiederholten und mechanisch angewandten, heimlich vielleicht mißbilligten, bestenfalls korrigierenden Formulierungen aufgehoben, nichtexistent gemacht werden. Untaten können nicht korrigiert, sie können nur verdammt werden. Dem Angriff eines Gegners, offener Feindschaft kann man Widerstand entgegensetzen, da gibt es deutliche Fronten, Sieg und Niederlage. Der Schlag von einem Gegner kann nie ganz unerwartet sein, man muß damit rechnen, daß er kommen kann. Ein Schlag aus eigenen Reihen ist völlig unerwartet, wie ein Blitz aus heiterem Himmel, der tötet, wen er trifft.

Ich habe einmal in meiner Gefängniszelle die Bemühungen einer Fliege in einem Spinngewebe beobachtet. Immer wenn sie sich von einem der hauchdünnen, dennoch sehr festen Fäden losmachte, verstrickte sie sich in dem nächsten Faden. Fasziniert und von ihrer Beharrlichkeit beeindruckt, sah ich ihr zu. Sie verzagte nicht durch die mißglückten Versuche und gab nicht auf, die kleine Fliege in dem für sie so unbarmherzig großen, klebrigen Netz.

Allerdings hatte sie es wesentlich einfacher als ich. In ihrem ganzen Fliegendasein hat sie von einer Spinne niemals etwas Gutes erwartet. Mit mir war das anders. Ich habe an die Vision einer besseren und gerechteren Menschheitsordnung geglaubt. Da stürzte mich die Ungeheuerlichkeit der Beschuldigung, die Unmenschlichkeit meiner einstigen Genossen, der ich ausgesetzt war, in einen Abgrund. Denn was man mir entgegenschrie oder höhnisch kundtat, stellte alles, was bislang meine Überzeugung war, auf den Kopf, gewährte mir keine Atempause, malmte und zermalmte mich. Woran konnte ich mich klammern, als mir in der grau-grünen, milchig trüben Dämmerung allmählich mit Entsetzen die Augen aufgingen, als ich entgeistert begriff, daß hier etwas ganz und gar nicht stimmte.

Ich hatte damals sozusagen doppelte Angst um mein Leben. Was ihm bisher, wie ich vermeinte, einen tieferen, ja bleibenden Sinn verliehen hatte, geriet nun ins Wanken. Was sollten die monströsen Lügen, wem diente die Vernichtung von Unschuldigen, von denen viele lebenslang Weggefährten gerade jener Menschen waren, die sie nun verdammten und vernichteten. Warum versuchte man mir unentwegt und pausenlos einzubleuen, all dies diene der guten und gerechten Sache, der ich mich, ein Mädchen aus wohl pauperiertem, aber durchaus bürgerlichem Haus, als ganz junger Mensch aus freiem Entschluß und in tiefster Überzeugung verschrieben hatte?

Angst überkam mich, ausweglose Angst um mein inneres Gleichgewicht, das so erbarmungslos durcheinandergewirbelt wurde und das ich hier, gerade jetzt so dringend brauchte. Wie sollte ich weiterleben? Woher die notwendige Kraft aufbringen, waren doch erst wenige Jahre nach meiner ersten schwierigen Operation vergangen. Aber selbst ärztliche Kontrolluntersuchungen, so wurde mir eiskalt eröffnet, mußte ich mir hier erst einmal »verdienen«.

Vielleicht war es gerade dieser unglaubliche Bescheid, der mir den notwendigen Stoß versetzte. Nach einer der vielen durchwachten Nächte steckte ich am Morgen den ganzen Kopf unter den dünnen kalten Wasserstrahl, der in einer Ecke der Zelle allen Zwecken diente, und als ich die Tropfen aus den Haaren schüttelte und durch ein tosendes Gepolter an der Zellentür unmißverständlich daran erinnert wurde, daß dies offenbar wie jede andere unvorhergesehene Bewegung gleichfalls verboten war, nahm ich mir vor, auch ohne Kontrolluntersuchungen, ohne Medikamente, frische Luft und kräftige Kost (all dies beinhaltete die ärztliche Empfehlung) zu überleben und auch nicht um den Verstand zu kommen. Nur ein paar Straßen weiter, und doch wie auf einem anderen Planeten, lebten mein Mann und mein Kind, zu ihnen wollte ich heil zurückkehren. Wie immer holte ich mir in diesen schwarzen Stunden die einfachsten, natürlichsten Dinge zu Hilfe. Kind und Mann waren dazu nicht geeignet. Die Sehnsucht und die Sorge um sie ließen in mir alles zusammenbrechen. Aber ich konnte es fertigbringen, mir zum Beispiel in meiner Einzelzelle ganz deutlich eine blühende Wiese vorzustellen oder Vogelstimmen im Wald.

Oder den Geschmack von einem Butterbrot und einem Glas Milch. Ich versuchte mir ein Musikstück in Erinnerung zu rufen und tat dies so hartnäckig, bis ich meinte, es in der Tat zu hören. Stimmlos sagte ich Gedichte aus meiner Schulzeit auf. Und wenn es gelang, wenn ich dabei ruhiger wurde, verlor ich mich in dem Gefühl, »weg« zu sein, zurück in der Welt, zu der ich gehörte, in der es die Zeit gab und Tageslicht und nächtliche Dunkelheit. Dann konnte ich auch an mein Kind denken und an meinen Mann.

Alles in allem habe ich erst in dem schwarz-blauen und später in dem grau-grünen Gefängnis neben einer langen Reihe weiterer Monate insgesamt ungefähr ein Jahr in Einzelhaft verbringen müssen. Das war nicht leicht. Doch dabei habe ich gelernt, allein nie allein zu sein. Und das ist nicht wenig, das hilft zum Überleben.

Als ich mich meiner zweiten Bestrahlungstherapie unterziehen mußte, war ich froh, daß mich niemand zu den Behandlungen begleitete. In dem Warteraum saßen oft Angehörige oder Freunde der Patienten, und wenn ich ihre angstvoll angespannten Gesichter sah, erfüllte es mich mit Erleichterung, daß ich das keinem mir nahestehenden Menschen zumuten mußte.

Eine dieser Begleitpersonen war eine Großmutter, die täglich ihren etwa zwölf- bis dreizehnjährigen Enkelsohn hierher brachte, einen pausbäckigen, nur etwas blassen, ansonsten ganz gesund aussehenden Jungen. Nach etlichen Begegnungen freundete ich mich mit den beiden an. Ich erfuhr, daß sie aus einem kleinen Ort in der Umgebung von Prag kamen, wo sie in einem Einfamilienhäuschen mit Garten lebten. Der Junge war leidenschaftlicher Fußballspieler.

»Woher kommt bloß so etwas?« fragte mich die Großmutter eines Tages verzweifelt, als wir während der Behandlung ihres Enkels im Wartezimmer allein geblieben waren. »Der Junge ist in unserem Garten aufgewachsen, bekommt nur Obst und Gemüse zu essen, auch Kartoffeln, die wir dort selbst züchten. Ohne Chemikalien und all solches Zeug natürlich. Wir sind sonst alle gesund, woher kam bloß dieses Unglück?«

Sollte ich der Frau erklären, daß wir alle, auch sie in ihrem Einfamilienhaus mit Garten, in derselben verunreinigten Welt und verpesteten Luft leben, allen Übeln ausgesetzt, die damit im Zusammenhang stehen? Ich sagte ihr lieber:

»Zerbrechen Sie sich darüber nicht den Kopf, das hat keinen Sinn. Sie müssen daran glauben, daß der Junge wieder gesund wird, die Medizin vollbringt heutzutage beinahe schon Wunder. Und lassen Sie ihn ja nicht merken ...«

Da kam der Junge zurück.

»Werden Sie morgen wieder hier sein?« erkundigte er sich, als er seine Jacke anzog.

»Ja. Wenn du um dieselbe Zeit kommst, findest du mich hier. Du schuldest mir ja auch noch die Geschichte von eurem Fußballkapitän, der so prima ist.«

Er nickte, wurde dann plötzlich verlegen.

»Was gibts?«

»Ich möchte Ihnen etwas mitbringen«, sagte er zögernd, »weil Sie auch prima sind. Aber ich weiß nicht ...«

»Du willst mir etwas mitbringen? Was soll es denn sein?«

»Ein Fisch.«

»Ein Fisch?« Ich erschrak ein wenig. »Wieso ein Fisch?«

»Ich habe ein ganzes Aquarium voll, und da möchte ich Ihnen einen davon schenken. Einen hübschen Fisch mit roten Punkten. Oder noch besser zwei, die vermehren sich dann nämlich ganz schnell.«

Du liebe Zeit! Eine Fischzucht, das hätte mir gerade noch gefehlt. Ich sah mich schon umwimmelt von rotgepunkteten Fischchen.

»Weißt du was«, sagte ich geschwind, »ich danke dir schön, aber ein Fisch ist für mich nicht das Richtige. Bring mir vielleicht ein paar Blumen, wenn du schon so lieb sein willst, deine Großmutter sagt, ihr habt ganz viele in eurem Garten.«

»Prima.« Er war sichtlich zufrieden, vielleicht sogar ein

bißchen erleichtert, daß er sich nun doch nicht von einem seiner Lieblinge trennen mußte. »Also bis morgen!«

Die Großmutter hatte dazu offenbar auch etwas zu bemerken, und in eifrigem Gespräch zogen die beiden recht vergnügt ab.

Ein andermal saß neben mir eine hübsche junge Frau, die gleichfalls täglich zur Bestrahlung kam. Wir pflegten ein Grußlächeln zu wechseln, aber diesmal sprach sie mich unvermittelt an:

»Stellen Sie sich vor, ich habe mir heute auf dem Weg hierher ein Paar Schuhe gekauft. Italienische, ziemlich teuer. Verrückt, nicht?!«

»Warum verrückt? Hauptsache, sie sind schön. Zeigen Sie.«

»Ich bin nicht aus Prag«, bemerkte sie, während sie bereitwillig an ihrer verschnürten Schachtel hantierte, »man bringt mich jeden Tag mit der Ambulanz her. Also nicht nur mich, wir sind immer mehrere Patienten aus unserer Stadt, für verschiedene Abteilungen des Krankenhauses. Heute kamen wir etwas früher an, und ich hatte plötzlich das Gefühl, daß ich schnell mal raus muß aus der ganzen Misere. Wollte etwas sehen, das nichts mit Krankheit zu tun hat. Dabei habe ich in einem Schaufenster diese Schuhe erblickt und habe sie gekauft. Einfach so.«

Sie hielt mir ein Paar schmale schwarze Lackschuhe mit weinrotem Absatz unter die Nase.

»Bildschön«, sagte ich. »Probieren Sie sie an.«

Mühelos glitt sie in die glänzenden Dinger, machte ein paar Schritte – und wurde zur Behandlung gerufen. Sie trippelte in den neuen Schuhen davon, und ehe sie hinter der Tür des Umkleideraumes verschwand, zwinkerte sie mir noch fröhlich zu.

Solcherart ist der Trost und die Macht einfacher Dinge. Eine verläßliche Brücke ins alltägliche Leben.

Für mich war der Behandlungsraum, den wir hier alle betreten mußten, Fausts Küche. Nicht deshalb, weil das alte Krankenhaus dem berühmten Prager Fausthaus auf dem Karlsplatz angeschlossen ist, in dem der gelehrte Doktor seine magischen Umtriebe und Experimente verwirklicht und seine Seele dem Teufel verschrieben haben soll. Nicht allein deshalb.

Die neuzeitlichen Doktoren und Gelehrten legen in ihrem Zauberkabinett den Patienten auf eine Art Glastisch (der wahrscheinlich gar nicht aus Glas, sondern aus einem der vielen neuen Kunststoffe ist). Ehe jedoch die ganze Prozedur in Angriff genommen wird, wurde der Kranke im Vorbereitungsraum mit einem dicken violetten Stift mit allerhand Strichen und Punkten bemalt. Je nach der Größe der zu bestrahlenden Fläche sieht er dann wie eine Landkarte oder eine Bordüre aus. Ich schien dem Staat Andorra oder einem kleinen Fußballfeld zu ähneln. Über die auf dem Tisch liegende Person wird ein weiteres kleines Glastischchen geschoben (bleiben wir bei dieser laienhaften, anschaulichen Bezeichnung), auf dem eine genau festgelegte Menge von kleinen Bleizylindern postiert wird. Auf diese Weise werden die Stellen abgedeckt, die nicht bestrahlt werden sollen. So ungefähr hat man mir dieses Vorgehen erklärt. Während der ganzen Vorbereitungsmanipulation brummt und summt von oben eine mächtige Maschine über dem Patienten, die nun ganz präzis eingestellt wird. Dann verläßt der Techniker oder Laborant den Raum. An den Wänden steht angeschrieben, wie dick die Isolationsschicht sein muß, die dieses Zauberkabinett von der übrigen Welt absondert. Die gleichfalls dick beschlagene Tür geht zu und wird leicht quietschend dicht geschlossen. In diesem Augenblick verstummt die Maschine.

Stille.

Der auf dem Tisch liegende Mensch ist allein, hört nichts, sieht nur die isolierte Zimmerdecke, falls er, wie ich, auf dem Rücken liegt, kann sich nicht rühren, riecht nichts, spürt auch nicht das geringste. Aber er weiß: Jetzt, in diesen Minuten, in denen du gar nichts merken kannst, jetzt passiert es. In diesem Augenblick durchzuckt dich der unheimliche Strahl, der die Macht hat, in dir zu vernichten, was tödlich ist, damit du leben kannst.

Fausts Küche.

Manchmal können einem allerdings die einfachen Dinge oder Begebenheiten des Alltags auch einen ganz schönen Streich spielen.

Ich arbeitete während der »Normalisierungsperiode« in unserem Land, in der ich nicht als Journalistin, Autorin oder Übersetzerin tätig sein durfte, eine ganze Reihe von Jahren als Simultandolmetscherin. Das ist eine anonyme, wenn man sich richtig darauf einstellt jedoch eine interessante, anspruchsvolle, in manchen Fällen sogar überaus zufriedenstellende Aktivität. Etwa bei medizinischen Symposien. Für die hatte ich eine Devise geprägt, die da lautete: Wenn in dem Saal ein einziger Arzt aus seinen Kopfhörern, also durch meine Vermittlung, etwas Neues in seinem Fachgebiet erfährt, eine neue Methode, eine von ihm bisher nicht angewandte, neu erprobte Therapie, dann hat sich meine Anstrengung und Arbeit maximal gelohnt. Ähnliches trifft auch, wenngleich weniger dramatisch, für andere Bereiche, für Absprachen und den Austausch von Erfahrungen zu. Kurz, Dolmetschen ist, wenn man richtig hinhört auf das, was man zu übersetzen hat, oft eine geradezu faszinierende Angelegenheit.

Die Technik, der ausgedehnteste internationale Arbeitsbereich, war nicht gerade in meinem Betätigungsfeld inbegriffen. Ich verstehe nichts davon, sie ist für mich eine mit sieben Schlössern versperrte Domäne. Nur ganz ausnahmsweise, wenn etwa jemand schnell für einen plötzlich erkrankten Kollegen einspringen mußte, ließ ich mich zu einem solchen Abenteuer überreden. So kam es, daß eines Tages bei mir zu Hause das Telefon klingelte und unsere Dispatcherin ihren dringlichsten Tonfall einsetzte:

»Sie müssen mir helfen. Alle sind besetzt, wir haben in dieser Woche sechs internationale technische Konferenzen, und jetzt kommt auch noch völlig unerwartet eine weitere, ganz wichtige Bestellung dazu. Nur für zwei Stunden. Es geht dabei um die Produktion von Teegebäck, Keksen und so was. Der Handelskammer ist gerade an dieser Geschäftsverbindung ungemein gelegen. Es tut mir leid, daß ich Sie so überfalle, aber ich bitte Sie, gehen Sie am Nachmittag für die zwei Stunden zu dieser Verhandlung. Kekse sind doch keine Maschinen, Sie werden das sicher wunderbar machen, ich verlasse mich ganz auf Sie.«

Die übliche Überredungstaktik. Erst wehrte ich mich, aber schließlich muß man manchmal auch etwas tun, das einem nicht ganz so paßt, wenn man irgendwo mitarbeitet. Also sagte ich ja und erhielt die Adresse: Prag 8, Sokolovská Straße Nr. 94, 1. Etage.

Die Sokolovská, früher Královská (Königsstraße), ist sehr lang. Ich fuhr erst mit der Untergrund-, dann mit der Straßenbahn. Das betreffende Stadtviertel kannte ich gut, es gehört zu den häßlicheren von Prag. Ich blickte durch das Fenster des Trambahnwagens nach den Hausnummern, als sie in die Nähe von Nr. 94 kamen, stieg ich aus und ging zu Fuß weiter. Schaute mich in der vertrauten Straße nach allen Seiten um, war ich hier doch aufgewachsen. Nr. 84, Nr. 86. Ich wurde nervös. Nr. 88 – das konnte nicht stimmen, das war früher anders. Nr. 90, Nr. 92 und schließlich Nr. 94. Ich stand vor meinem Geburtshaus.

Früher hatte es die Nummer 88 getragen. Damals war es grün getüncht, jetzt ist es ockergelb. Wo sich die Eisenwarenhandlung meiner Eltern befand, gibt es keinen Laden mehr. Aus den einstigen Schaufenstern sind inzwischen Fenster geworden. Eines war geöffnet. Ich warf einen Blick in den nicht sehr hellen Raum, sah eine gekachelte Wand und zwei große Kessel, an denen sich eine Frau mit einer weißen Kochmütze auf dem Kopf zu schaffen machte. Eine Betriebsküche? Sonderbar.

Ich holte tief Atem und trat durch das mächtige Haustor.

»Sie wünschen?« Aus einem Glaskasten rechts kam ein Mann auf mich zu, nicht der bärtige Alte, gefolgt von seiner Hündin Foletka, wie ich es fast erwartet hatte.

»Ich soll hier eine internationale Unterredung dolmetschen.«

»Ach so. Der Treppenaufgang ist links, erste Etage.«

Natürlich ist der Treppenaufgang links, war ja immer dort.

Aber auch er hat sich inzwischen verändert. Das ist nicht mehr das dunkle, polternde Stiegenhaus, in dem man sich so leicht graulen konnte. Jetzt schrillen hier von irgendwo Telefone und klappern Schreibmaschinen. Nur die Treppen, von undefinierbarer Farbe, irgendwie schwärzlich-rot-braun meliert, ein wenig niedergetreten und ein bißchen bucklig, scheinen noch immer dieselben zu sein.

Ist meine Mutter über diese Stufen unendlich oft hinauf- und hinuntergeeilt? Habe ich mit meiner kleinen Schwester über diese Stiegen »tolle« Sprünge geübt? Haben die ersten Stöckelschuhe meiner älteren Schwester ihre Spuren auf dieser Treppe hinterlassen? Oder ist das alles unwiderruflich weg?

In der ersten Etage empfing mich eine liebenswürdige, bei meinem Erscheinen offensichtlich erleichterte Sekretärin, wußte über alles Bescheid, machte mich mit den Herren – zweien aus Prag und zweien aus Brüssel – bekannt und geleitete uns alle in einen nach der gültigen Norm elegant eingerichteten Konferenzraum.

»Nehmen Sie bitte Platz«, sagte einer unserer Herren, »wir wollen gleich beginnen, warten nur noch auf den Kaffee.«

Ich hob den Kopf und blickte zur Zimmerdecke. Im zweiten Stockwerk dieses Hauses, gerade über der Stelle, wo ich nun saß, war mein Bett gestanden, und über der Ecke, wo die liebenswürdige Sekretärin soeben mit der Kaffeemaschine hantierte, stand das Kinderbett meiner kleinen Schwester.

Die Konferenz wurde eröffnet, und ich dolmetschte die Verhandlung über das belgische Angebot einer perfektionierten automatischen Backmaschine. Die Unterredung bewegte sich auf der Ebene allgemeiner Absprachen und war nicht schwierig. Schwierig war für mich, nicht an anderes zu denken.

Kaum hatte ich den letzten Satz, die letzten höflichen Abschiedsworte übersetzt, verabschiedete ich mich von den Waffelproduzenten und eilte, ohne mich noch einmal umzusehen, aus dem Haus Sokolovská Nr. 94, der einstigen Königsstraße Nr. 88.

Noch tagelang vermeinte ich den süßen Duft des Backwerks zu verspüren, der aus einer Betriebshalle im Hof kommend das Gebäude von oben bis unten durchströmte und meine ganze Kindheit begleitet hatte. Denn schon damals wurden hier allerhand Süßwaren hergestellt.

Geraume Zeit verging. Allein das Bild der vertretenen, leicht ausgehöhlten Treppe und der Waffelduft wollte in mir nicht verblassen. Und so begab ich mich eines Tages nochmals in das häßliche und mir dennoch so nahe Stadtviertel, schritt durch die wohlbekannte lange Straße, bis ich wieder vor dem Haus stand, aus dem der Zuckerduft auf mich zukam.

Diesmal war niemand in der Pförtnerloge, ich gelangte ungehindert bis an die Treppe, vorbei an einer Firmentafel mit der Aufschrift »Bäckerei Meteor«, und stieg langsam hoch.

Im ersten Stockwerk blieb ich stehen. Das niedrige Fenster auf dem geräumigen Treppenabsatz, das ich bei meinem ersten Besuch gar nicht bemerkt hatte, war noch das alte, nur sein Holzkreuz hatte man offensichtlich frisch gestrichen, aber dunkelbraun wie eh und je. Ich blickte auf den Hof hinab. Der mächtige Fabrikschlot aus Ziegelsteinen, zwischen denen Grasbüschel, ein paar tollkühne Blümchen und selbst eine waghalsige dünnstämmige Birke hervorlugten und von dem ich felsenfest überzeugt gewesen war, daß er wie ein Baum aus dem Boden wuchs, stand nicht mehr da. Auch die Pferdeställe und das Hinterhaus mit den erbärmlichen Wohnungen, die es damals hier gegeben hat, sind verschwunden. Die ebenerdigen Fabrikhallen, die den Hof nunmehr umrahmen, sind leider keineswegs schöner.

Ich wandte mich um, und dabei fiel mein Blick auf eine weitere Tafel, diesmal mit der Aufschrift »Wohnheim« und einem Pfeil, der in die zweite Etage wies. Sollte etwa in unserer einstigen Wohnung ...?

In der zweiten Etage war alles verändert. Ich wurde von

einem stattlichen Vierziger mit pechschwarzem, leicht gekräuseltem Haar und ebensolchem Kinnbart empfangen, erfuhr von ihm, daß hier nunmehr eine Art Lehrlingsheim für junge Leute aus Kuba eingerichtet war, die in der Meteor-Fabrik zu Süßwarenbäckern ausgebildet wurden. Nach meinem Anliegen befragt, erfuhr nun er, daß ich in diesem Haus, ja gerade in diesen Räumen, auf die Welt gekommen bin, was ihn veranlaßte, mich als eine Art Reliquie aus antiken Zeiten zu betrachten. Natürlich dürfe ich mich ein wenig umsehen. Aber dabei kam nicht viel heraus. Wo wir unsere Küche und Zimmer hatten, gab es nun eine ganze Reihe kleiner Wohnräume, nichts außer den dicken Außenwänden konnte eine Erinnerung in mir wachrufen. Durch eine offene Zimmertür erblickte ich ein Poster mit dem nachdenklichen Gesicht von Che Guevara, im Korridor (unserem einstigen schlauchartigen Vorzimmer) hingen zwei Plakate mit schreiend blauen Meereswellen und üppiger Tropenpracht. Eine Verordnung in spanischer Sprache untersagte übermäßiges Lärmen nach zehn Uhr abends.

Ich war beinahe fröhlich, als ich kurz darauf wieder auf der Straße stand. Vorbei ist vorbei, sagte ich mir, auch unter wohlwollenderen Umständen würde ja kaum noch jemand von uns in diesem Haus wohnen. Und daß hier nun junge Zuckerbäcker ausgebildet wurden, war ganz schön. Es hätte mit meinem Geburtshaus und der elterlichen Wohnung schlimmer ausfallen können. In dieser Verfassung beschloß ich, in meiner Kindheitsumgebung noch ein bißchen Umschau zu halten.

Langsam schlenderte ich zum Cyrill-und-Methodius-Platz (der inzwischen ganz anders heißt) vor der gleichnamigen Kirche. Als Kind zog mich dieser um einen kleinen Park mit herrlichen Fliederbüschen angelegte Platz aus zwei Gründen ganz besonders an: Im Frühjahr und dann wieder im Herbst errichteten hier Seiltänzer ein Gerüst von halsbrecherischer Höhe, und wenn ich in der gaffenden und bewundernden Menge darunter stand und zu den Mädchen und Jünglingen in schillernden Gewändern über dem riesigen Sicherheitsnetz emporblickte, die mit einer langen Stange in den Händen auf dem Seil hin und her balancierten, fühlte ich ein schauerlich schönes Kribbeln im ganzen Körper, ein bißchen Angst und ein bißchen Neid und Sehnsucht nach etwas Unbekanntem und gewaltig Verlockendem. Das war der eine Anziehungspunkt des Cyrill-und-Methodius-Platzes im heimatlichen Prager Karolinenthal.

Der andere hatte unmittelbar mit der Kirche zu tun. Am Fronleichnamstag versammelten sich dort alljährlich die kleinen Mädchen aus dem ganzen Stadtviertel in steif gebügelten weißen Kleidchen, mit Kränzchen aus künstlichen Blumen im Haar und Körbchen voll mit duftenden Blättern echter Rosen im Arm und trippelten gleich einer rosaweißen Schaumwolke aus der Kirche um den kleinen Platz herum, verstreuten die Rosenblätter und waren geradezu unfaßbar beneidenswert und unerreichbar schön. Denn ich durfte mich nie unter sie mischen, durfte bei diesem einzigartigen Rundgang, der Prozession genannt wurde, niemals mitmachen.

»Warum?« wollte ich von meiner Mutter wissen.

»Weil du ein jüdisches Kind bist«, sagte sie seufzend.

»Na und?«

Sie seufzte abermals. »Das geht eben nicht.«

»Warum?«

Meine Mutter war keineswegs gläubig, nur scheu zurückhaltend und ängstlich darauf bedacht, daß wir die imaginäre Grenze nicht überschritten, die nicht zu fassen, deren Existenz sie sich jedoch ständig bewußt war und die sie dazu veranlaßte, lieber vorsichtig ein Verbot auszusprechen, als etwas zu gestatten, das man uns als ungebührlich und unzulässig hätte anlasten können, und das somit eine Gefahr für ihre Kinder darstellte.

»Weißt du was«, sagte sie, in dem hilflosen Versuch, meine Enttäuschung wenigstens ein bißchen wettzumachen, »du kannst am Versöhnungstag mit dem Papa in die Synagoge gehen, das ist auch schön.«

Meine Begeisterung über diesen Vorschlag war bestenfalls milde. Mutter selbst ging niemals in die Synagoge und mein Vater nur einmal im Jahr, eben an jenem größten »langen« Festtag.

All dies fiel mir ein, als ich in der von Abgasen und industriellen Gerüchen erfüllten Luft zwischen parkenden Autos und großen Müllcontainern eilends den Platz überquerte und dem Park zustrebte. Wo waren die Seiltänzer und die trippelnden Mädchen mit den Blumenkörbchen? Und wo war meine Mutter mit ihrer vergeblichen Vorsicht? Nur ich war noch hier und die alten Fliederbüsche. Und vielleicht auch noch die Synagoge von Karlín. Da ich nun schon einmal hergekommen war, wollte ich auch dort vorbeisehen.

Das alte Gebäude steht in der Tat noch genauso unauffällig und unansehnlich in der kurzen Vítkova-Gasse Nr. 13, wie ich es in Erinnerung hatte. Genauso? Es wurde allem Anschein nach mit einem neuen soliden Eingangstor aus dunkelbraun gebeiztem Holz versehen. Eine Tafel, die natürlich auch neu ist, löste in mir überraschtes Staunen aus: Ökumenischer Rat der Kirchen in der ČSSR, stand da geschrieben. Warum gerade hier, in der kleinen Karolinenthaler Synagoge, fuhr es mir durch den Kopf. Aber warum eigentlich nicht. In anderen Gebäuden derselben Art wurde hierzulande Gemüse gelagert oder sonst etwas. Es sind ja auch nur wenige Menschen aus dem Inferno des Holocaust zurückgekehrt, die hier ihre Gebete verrichten und ihrer Toten gedenken wollten. Und auch sie sterben allmählich aus. Der Ökumenische Rat ist in diesem Gebäude, so dachte ich nach weiterer Überlegung, gar nicht so schlecht untergebracht.

Ich versuchte, das schwere Tor zu öffnen, es war zugesperrt. Aber daneben gab es noch eine kleinere Pforte mit der Aufschrift »Tschechoslowakische hussitische Kirche – Pfarramt«. Die ging auf.

Ein Gärtchen mit bunt blühenden Astern und Dahlien. Eine schwarz-weiß gefleckte Katze. Stille und wohltuende

Freundlichkeit. Die spärlichen Besuche dieses Ortes in meiner Kindheit haben eine streng schwarze Erinnerung in mir hinterlassen, an Grüppchen leise miteinander murmelnder, dunkel gekleideter fremder Herren, nur hie und da eine gleichfalls dunkel, vornehmlich schwarz gekleidete Frauengestalt. Mein Vater richtete kaum ein Wort an mich, ich kam mir einsam und beinahe ein wenig verwunschen vor in dieser unbekannten Welt aus einer anderen Welt. Das ist wohl auch der Grund, warum ich von all dem nur eine einzige fest umrissene und sogar angenehme Erinnerung behalten habe:

Ein ziemlich großer goldgelber Apfel, in den in verschlungenen Linien Gewürznelken eingebohrt waren und der einen wunderbaren herben Duft verströmte. Gerade deshalb befand er sich auch mit zahlreichen Gefährten gleicher Art auf den Pulten vor den betenden und fastenden Männern. Von Sonnenuntergang bis zum nächsten Sonnenuntergang durften sie am Versöhnungstag mit seinem strengen Ritual nichts zu sich nehmen. Viele von ihnen brachten deshalb solch einen gewürzten Apfel in die Synagoge mit, um sich wenigstens an seinem Duft ein bißchen zu erfrischen.

Das fand ich interessant und sehr schön, zumal ich gleich nach dem Verlassen der Synagoge den väterlichen Apfel mit dem besonderen Aroma bekam, ihn zufrieden verzehrte und die Gewürznelken heimlich, damit es keiner merkte, als meine persönliche Entzauberung und Loslösung von dem drückenden Bann zwischen den schwarzgekleideten murmelnden Männern in sorgfältiger Zickzacklinie hinter mir ausspuckte. Abrakadabra und alles Böse weg!

Ich wüßte gern, ob dieses Gemisch aus Bangigkeit vor etwas Dunklem, Bedrohlichem, Unausgesprochenem und beinahe Allgegenwärtigem einerseits und unbekümmerter Ausgelassenheit, Sorglosigkeit und einer guten Portion gesunder Fröhlichkeit andererseits nur für mich in meiner Kindheit kennzeichnend war oder für alle, zumindest die meisten kleinen Jungen und Mädchen meiner Art und jener

Jahre. Unter meinen Zeitgenossen gibt es leider nur mehr sehr wenige, die ich danach befragen könnte.

Nach der Kriegskatastrophe und ihrem so lange sehnsüchtig erwarteten Ende bin ich erst einige Jahre später aus Jugoslawien, der Heimat meines Mannes, in meine Geburtsstadt zurückgekehrt. Es hat sich so ergeben, daß ich mit meinem kleinen Kind die ersten Wochen bei unserer guten Freundin Gisl Kisch wohnte, der Witwe meines Urprager Freundes Egon Erwin Kisch, der zu meinem Kummer kurz zuvor gestorben war. Ich hatte ja hier kein Zuhause mehr. Mein Mann war nicht mit uns, er weilte damals nach schwerer Krankheit zur Kur in Karlsbad.

Gleich am ersten Tag nach meiner Ankunft ließ ich die Kleine in Gisls Obhut, wollte allein mit meiner Heimatstadt Wiedersehen feiern. Aber was gab es zu feiern? Da ich nun in der Nähe der Prager Burg auf dem Hradschin wohnte, ging ich zunächst einmal dorthin. Stand an der niedrigen Mauer mit dem zauberhaften Ausblick auf die vieltürmige Stadt, fühlte an dem wolkenlosen Frühlingstag wieder wie vor all den langen Jahren die durchsonnte Wärme des rissigen Gesteins unter meinen fast andachtsvoll auf ihm liegenden Händen – und glaubte zu ersticken. Aus den Schornsteinen der alten Häuser unter mir stieg leicht gekräuselt bläulich schimmernder Rauch auf und wurde vor meinen Augen zu schwarz-gelbem würgendem Qualm. Hatte man mir doch meine Mutter verbrannt und meine beiden Schwestern mitsamt meinem kleinen Neffen, und die alte Großmama und … und …

Wie konnte ich da feiern?

Gleich unter der niedrigen Mauer blühten Flieder und Jasmin, dufteten verschwenderisch wie früher. Wie an jenen Abenden, da ich als junges Ding eng umschlungen mit jemandem dastand, der später von den Nazis geköpft wurde. Oder in einer unbekümmert lärmenden Gruppe von Jungen und Mädchen dastand, von denen einer gehenkt wurde und von denen ich fast allein zurückgeblieben bin.

Ich hätte in Mexiko bleiben sollen, ging es mir damals

zum ersten Mal durch den Kopf, in Casablanca oder Montreal, egal wo, aber an einem Ort ohne Erinnerungen.

Als ich mich schließlich dazu aufraffte, in die Stadt hinunterzusteigen, über die alte Schloßstiege auf die Kleinseite und über die Karlsbrücke in die engen Gassen der Altstadt, war ich glücklich und unglücklich zugleich. Es war wunderbar, die vertrauten Straßen und Häuser wiederzusehen, im voraus zu wissen, an welchen Kirchen oder Läden man im nächsten Augenblick vorbeigehen wird. Eine stille, alles überflutende Freude nach all den Jahren in der Fremde. Endlich war ich trotz allem doch wieder zu Hause.

Beim Pulverturm blieb ich stehen. Wandte den Kopf weg, konnte nicht in die Straße hineinblicken, wo wir einst als Familie gelebt haben. Auch nach Prag-Žižkov oberhalb des Hauptbahnhofs konnte ich lange nicht gehen. Dort befand sich in einem recht verwahrlosten Eckhaus die letzte Wohnung meiner Mutter, von wo aus sie in den Transport beordert und wo meine kleine Schwester von der Gestapo geholt wurde.

Und ich bin zurückgekommen. Wieso gerade ich?

Gewiß, ich war besonders gefährdet, weil mein Name als verantwortlicher Redakteur auf Druckschriften stand, die die Machthaber im faschistischen Deutschland nicht übersehen und nicht bloß zur Kenntnis nehmen konnten, die sie in Raserei versetzten. Als sie dann in Prag einmarschierten und mich in dem Eckhaus in Žižkov suchen kamen, war ich durch einen Zufall gerade für einige Tage im Ausland und kehrte nicht mehr zurück. Aber gefährdet waren wir ja alle, selbst mein achtjähriger Neffe und meine über siebzig Jahre alte Großmutter.

Viel später, erst nach Jahren, besuchte ich eines Tages den sogenannten Neuen Jüdischen Friedhof in Prag, wo mein Großvater begraben liegt, der noch vor Hitlers Machtantritt gestorben ist. Ehe ich sein Grab erreichte, mußte ich zwischen zwei Reihen einer langen, hohen Pappelallee ein beträchtliches Stück des Hauptweges passieren. Unterwegs betrachtete ich die Grabsteine zu beiden Seiten. Dabei beschlich mich das sonderbare Gefühl, all diese Menschen gekannt zu haben, was natürlich unsinnig war. Zweifellos verschuldete das die Atmosphäre, die Zeit, die dort zwischen den alten Bäumen und überall wucherndem Efeu eingefangen zu sein scheint. Es war Herbst, unter meinen Füßen raschelten braune, rote und gelbe Blätter, ein pechschwarzer Star huschte durch das welke Laub, blieb stehen, richtete seine runden Äuglein auf mich und flog dann geräuschlos weiter.

Ich begegnete keinem Menschen, nur den Toten, nur ihren Namen. Auf den meisten Steinen sind in den Jahren nach dem Krieg neue hinzugekommen mit dem Zusatz Auschwitz, Birkenau, Bergen-Belsen, Treblinka, Theresienstadt, Majdanek.

Mit einem Mal mußte ich stehenbleiben. Las erschreckt und zutiefst betroffen eine Inschrift: Kurt Pressburg, 19. 5. 1916 – 8. 3. 1943 bei Sokolovo. Ich las diese knappe Angabe einige Male, konnte mich von ihr nicht losreißen.

Kurt Pressburg habe ich wirklich gekannt. Aus einer Skihütte im Riesengebirge, aus der antifaschistischen Jugendbewegung, von Demonstrationen Arbeitsloser, mit denen wir uns solidarisch erklärten. Er gehörte zum Freundeskreis meiner jüngeren Schwester, aber erst hier erfuhr ich, daß er nur zwei Tage nach mir auf die Welt gekommen war und nicht einmal siebenundzwanzigjährig als Freiwilliger in der tschechoslowakischen Einheit unter dem Kommando von Ludvík Svoboda, dem Präsidenten der Tschechoslowakei Ende der sechziger Jahre, an der Ostfront gefallen ist.

Auch ihn habe ich überlebt.

Auf dem Grabstein meines Großvaters hatte man vorsorglich Platz für den Namen meiner Großmutter freigelassen. Viel Platz. Dort ließ ich jetzt die elf Namen meiner in verschiedenen Todeslagern umgekommenen Verwandten in die schwarze Glätte des Marmors einmeißeln.

Dieser, zum Unterschied von dem in der Altstadt gelegenen berühmten Alten Jüdischen Friedhof mit dem Grab des Golem-Schöpfers Rabbi Löw, nun dieser sogenannte Neue

Jüdische Friedhof in Prag-Strašnice ist inzwischen auch schon ganz schön alt, jedoch lebendig, sofern man das von einem Friedhof überhaupt zu sagen wagt. Eine historische und dennoch lebende Gedenkstätte. Selbst die Natur trägt dazu bei, indem sie gleichsam schützend die leicht vermoderten und die noch intakten Grabsteine mit Efeu und wildem Strauchwerk umhüllt. Die Namen der friedlich Verstorbenen sowie die weitaus zahlreicheren Namen der Verhungerten, von Seuchen Dahingerafften, Vergasten. Brombeeren sprießen um diese Ruhestätten, auch Erdbeeren, weiß und hellgelb schimmern Schwämme am Fuße knorriger Baumstämme.

Früher befremdete es mich hier fast ein wenig, daß Besucher mit einer Orientierungstafel nur auf ein einziges Grab, nur auf Franz Kafka hingewiesen wurden. Es liegen ja noch viele andere Schriftsteller und Maler, Publizisten und Architekten, Wissenschaftler und Theaterkünstler in dieser einzigartigen Ruhestätte. Das haben wohl auch andere Menschen empfunden, und so wird man nunmehr auch auf den Schriftsteller Ota Pavel aufmerksam gemacht, der unter anderem den »Tod der schönen Rehe« geschrieben hat, auf den Dichter Jiří Orten, der – nur zweiundzwanzigjährig – im Jahre 1941 in Prag von einem Wehrmachtsauto (versehentlich?) umgefahren wurde. Auch auf Frau Professor Irma Lauscherová, die zwar hochbetagt erst im Jahr 1985 in Prag entschlummert ist (im Unterschied zu ihrer in Treblinka umgekommenen Tochter), auf deren Grabstein jedoch zu lesen ist, daß sie »in den Jahren 1942–1945 Lehrerin der Kinder im Konzentrationslager Theresienstadt« war.

Als ich endlich dem Ausgang zustrebte, vorbei an den bescheidenen kollektiven Denkmalen für die in beiden Weltkriegen für die Befreiung der Tschechoslowakei Gefallenen, blieb mein Blick auf einer Handvoll sehr alter verwitterter Grabsteine haften, die besser in die Umgebung von Rabbi Löw passen würden. Eine Inschrift belehrte mich, dies seien »Grabsteine von zerstörten Friedhöfen«. Von wem sie »zerstörť« wurden, ist dieser Information nicht zu entnehmen. Auch ihnen gebührt zu Recht ein Platz an diesem Ort.

Und auch diesmal ging es mir wieder durch den Kopf: Wieso habe gerade ich alles überlebt? Wie kann man weiterleben mit dieser Frage, für die es keine Antwort gibt. Jahrelang habe ich mich damit herumgeschlagen. Warum gerade ich? Allmählich habe ich mich zu dem Gedanken durchgerungen – so unglaublich das klingen mag –: wenn dem schon so ist, dann sollte ich vielleicht etwas von manch einem dieser Menschen in mir weitertragen. Ein Stückchen unseres gemeinsamen Traums, ein Körnchen unserer Weisheit, auch wenn sie noch so verzerrt, in den Schmutz getreten oder ganz unmachbar geworden zu sein scheint. Der berühmte Strohhalm? Mag sein. Es ist eben schwer, viele nahestehende Menschen überlebt zu haben, die begabt waren und lebensfreudig und gut. Oft werde ich gefragt, woher ich nach all den schlimmen Erfahrungen, mit denen ich so reichlich bedacht wurde, meine positive Einstellung zum Leben schöpfe. Nun, vielleicht lasse ich auch im Gedenken an jene Menschen, komme was da wolle, nicht alle Hoffnung fahren. Damit sie, so tröste ich mich, nicht ganz umsonst gestorben sind.

Wird man nach der Entfernung eines Karzinoms auch einer Chemotherapie unterzogen, um die Bildung von Metastasen und die Ausbreitung der Krankheit zu verhüten, muß man bei dieser Behandlung mit einer recht unangenehmen Nebenwirkung rechnen. Das Medikament, das dem Patienten eingespritzt wird und dessen giftige Substanz in diesem Fall einen heilenden Effekt hat, bringt unvermeidbar einen Haarausfall mit sich.

Ich hatte keine Ahnung, welchen Schock das auslösen kann. Schließlich sind Haare kein Glied, keine Hand oder kein Fuß. Millionen von Männern leben unbeschwert mit einem kahlen Kopf. Aber als mir beim Kämmen büschelweise Haare im Kamm blieben, als von ihnen am Morgen mein Kopfkissen voll war, griff ich wieder und wieder nach meinem Klinischen Wörterbuch, das ich mir für meine Dolmetscherarbeit angeschafft habe, und las: Alopecia symptomatica diffusa. Vorübergehender Haarausfall nach fieberhaften Infekten, Antikoagulanten, Zytostatika, Thallium. Nach Zytostatika, das waren die Medikamente, die mir injiziert wurden. Vorübergehender Haarausfall! Ob das bloß wahr ist, überlegte ich voller Zweifel, obwohl ich doch wußte, daß in diesem Nachschlagewerk vornehmlich für Medizinstudenten und Ärzte keine Phantastereien, sondern nur Tatsachen und Erkenntnisse enthalten sind.

Nach meiner zweiten Operation war es nicht ganz so schlimm gewesen. Die Behandlung mit Zytostatika dauerte kürzer und war wohl auch nicht so intensiv. Damals verlor ich nicht alle Haare, ein Kopftuch bedeckte hinreichend die kahlen Stellen. Ich schaute wochenlang in keinen Spiegel, sprach mir unentwegt Mut zu und massierte den armen Kopf beharrlich mit Vitamingel. Manche Frauen legen sich eine ansehnliche Sammlung von Schönheitsmitteln an. Ich sammelte damals Kopftücher, größere und kleinere, bunte und einfarbige, möglichst aus Baumwolle und nicht aus Seide, die verrutscht. Zudem war Sommer, es gab keine Dolmetscherarbeit, und im Herbst waren die betroffenen Stellen schon wieder ganz ordentlich nachgewachsen.

Aber nach der dritten Operation! Das war ein radikaler Eingriff mit einer entsprechend radikalen Nachbehandlung. Im Laufe von wenigen Wochen glich mein Kopf einer Billardkugel. Freilich wußte ich jetzt schon, daß ich dem Klinischen Wörterbuch und den Versicherungen meiner Frau Dozentin trauen konnte, verfügte bereits über eigene Erfahrungen. Und dennoch. Unabweisbar nagte Kleinmut an mir: Wenn alles so restlos verschwindet, wächst dann auch alles wieder so restlos nach?

Dann kam ein Tag, an dem mir meine Zweifel mit einem Mal zu bunt wurden. Es war kein besonderer Tag, und ich weiß bis heute nicht, warum ich gerade damals so wütend auf mich wurde. Plötzlich hatte ich meinen wehleidigen Kleinmut satt. An jenem Morgen hielt ich mir laut (ich hatte im Gefängnis gelernt, daß man manchmal sich selbst etwas ganz laut sagen muß) und sehr nachdrücklich vor, die Selbstbemitleidung führe zu nichts, helfe mir nicht, schließlich gebe es weitaus schlimmere Dinge auf der Welt. Zum Beispiel müßte ich ja auch gar nicht mehr leben. Von jetzt an, so versprach ich mir, werde ich diese verdammte Angelegenheit ganz anders in die Hand nehmen.

So stellte ich mich also vor den Spiegel und betrachtete mich gründlich. Was ich sah, war eher komisch. Erinnerte mich an den berühmten amerikanischen Filmschauspieler Yul Brunner, der hatte auch so einen spiegelblanken Kopf. Gewiß, meldete sich sofort der Widerspruchsfloh in mir, der ist aber auch ein Mann. Und die Titelfigur in Ionescus Theaterstück »Die kahle Sängerin«? Sicher, antwortete ich mir selbst, mich bekommt man zwar weder auf der Filmleinwand noch auf den Brettern, die die Welt bedeuten, zu sehen, aber mein Haar wird dafür auch nachwachsen. Vorübergehender Haarausfall, so steht es doch geschrieben. Schon gut, aber wann, nagte es in mir ungerührt weiter. Bis es so weit sein wird, antwortete ich mir vage.

Aber bevor es so weit war, mußte etwas geschehen. Ich beschloß, mir eine Perücke anzuschaffen, hatte dafür schon längst eine entsprechende ärztliche Anweisung erhalten, bisher jedoch nicht die Courage aufgebracht, sie auch auszunützen.

Als ich mich nun, ausgerüstet mit dieser Anweisung, in den betreffenden Laden aufmachte, bat ich eine Freundin mitzukommen, um einen objektiven Betrachter und Kritiker dabeizuhaben.

Eine offensichtlich gelangweilte Verkäuferin, die sich von uns belästigt zu fühlen schien, nahm in dem völlig menschenleeren Geschäft den Zettel mit meiner Anweisung entgegen, öffnete dann wortlos ein Fach und legte einen blonden Lockenkopf auf den Ladentisch.

Meine Freundin blickte mich entsetzt an.

»Laß nur«, sagte ich, »ich probiere das Ding, wenn sie mich darin sieht, fällt sie in Ohnmacht und bietet mir vielleicht etwas anderes an.«

Ich stülpte das Ding über und sah wie eine mißglückte Karikatur von Marilyn Monroe aus.

»Sie merken wohl selbst«, sagte ich dann der Verkäuferin, die mich leicht angewidert musterte, »ich brauche etwas Dunkleres und Einfacheres.«

Ohne mich eines Wortes zu würdigen, holte sie eine rötlich schimmernde, kastanienbraune Perücke mit Ponyfransen hervor und hielt sie mir hin. Meine Freundin stöhnte leise.

Ich probierte auch dieses Prachtstück. Sah einfach unbeschreiblich aus.

»Sie sehen doch, die Dame ist nicht mehr ganz jung«, versuchte nun meine Freundin einzugreifen, »können Sie ihr nicht etwas Passendes anbieten?«

»Ich kann Ihnen nur anbieten, was ich habe«, lautete die tiefgekühlte Antwort. »Und auch nur in der Preislage, wie sie die Anweisung vorsieht.«

»Und wenn ich etwas zuzahlen würde?«

»Tut mir leid. Entweder auf Anweisung oder auf Bezahlung. Im Moment habe ich übrigens nichts anderes am Lager.«

»Danke«, sagte ich und hüllte mich wieder in mein Kopftuch. »Das reicht.«

»Wie Sie meinen.«

Die Verkäuferin wandte uns den Rücken zu und lief zum Telefon, das in diesem Augenblick zu klingeln begann. Wir hörten noch, wie sie mit süßer Stimme flötete: »Na endlich, Liebling! Nein, nein, du störst mich gar nicht ...«

»Das war es«, sagte ich, als wir auf die Straße traten, »sie hat auf diesen Anruf gewartet und war nervös.«

»Sie ist in dem Laden zum Verkaufen angestellt und nicht zum Telefonieren«, ärgerte sich meine Freundin. »Komm, ich glaube, wir beide verdienen jetzt einen guten Kaffee.«

Der erste Versuch ging also schief. Der zweite fiel besser aus. Bekannte empfahlen mir einen Mann, der für ein Theater Perücken anfertigte. Bei ihm bestellte ich eine glatte, graumelierte Haartracht, die ich ohne weiteres tragen konnte. Zu Hause lief ich allerdings weiterhin mit bloßem Kopf herum, weil ich mir einredete, das unterstütze die Regeneration. Als mein Haar nach Wochen endlich zu sprießen begann, fuhr ich wieder und wieder mit der Hand über die winzigen Stoppeln. Welch merkwürdige und ungeahnte Freude es doch im Leben geben kann!

Versehen mit meiner Perücke ging ich auch abermals arbeiten. Ich hatte mir von allem Anfang an vorgenommen, aus meinen Schwierigkeiten kein Geheimnis zu machen, sie nicht zu vertuschen, vielmehr, wenn es darauf ankam, offen über sie zu sprechen. Damit ersparte ich mir überflüssige Ängste und Streßsituationen.

Beim Simultandolmetschen hat man bekanntlich Kopfhörer auf den Ohren, die natürlich aufgesetzt und abgenommen werden müssen. Das war jedesmal ein kritischer Augenblick. Ich mußte achtgeben, mit meinem Arbeitsgerät nicht auch die Perücke abzunehmen. Meine Kollegen paßten mit mir auf. Sie betrachteten mich aufmerksam und rieten:

»Jetzt! Zieh die Dinger ein bißchen mehr nach links rüber. Achtung, die Haarpracht rutscht! So, so ist es gut. Fein, alles in Ordnung!«

Und es kam auch wirklich alles in beste Ordnung. Meine »dritten Haare«, wie ich zu sagen pflege, sind die besten, die ich je hatte, dicht und weich und in jeder Hinsicht gesund.

Wenn mich jemand fragt, und das kommt gar nicht so selten vor, wieso ich im Grund ein fröhlicher Mensch geblieben bin, der offenbar immer noch Spaß am Leben hat, werde ich um eine Antwort ein wenig verlegen. Wie kann man so etwas erklären? Wahrscheinlich habe ich viel meinem Naturell zu verdanken, manches vielleicht auch meinem unentwegt trainierten Willen. Aber für all dies kenne ich keinen Rat. Es gibt kein Rezept, das für jedermann passend wäre. Für den einen kann ein bestimmtes Erlebnis eine unüberwindbare Enttäuschung sein, für jemand anderen eine bittere Erfahrung, mit der er fertigwerden muß. Auf die gleichfalls wiederkehrende Frage, ob ich in all den Jahren mit mehr guten oder mit mehr bösen Menschen zu tun hatte, ist meine Antwort schon einfacher. Auf jeden Fall mit mehr guten. Zu ihnen zählt z. B. die Gefängnisaufseherin im kriegsgeplagten Paris, die mir eines Tages ein Veilchensträußchen in die Zelle brachte. Ebenso der Aufseher, der mir im Prager Gefängnis der fünfziger Jahre eines Morgens mit dem Getränkenapf zwei mit Marmelade bestrichene Brotscheiben in die Einzelzelle schob. Zwei mit seiner Marmelade bestrichene Brotscheiben. Beide Male war das für diese Menschen mit einem Risiko verbunden, hatte man sie doch nachdrücklich belehrt, sie hätten Feinde ihres Staates oder Regimes vor sich, die mit vollem Recht hinter Gittern sitzen. Aber auch unter weniger dramatischen Umständen bin ich guten Menschen begegnet.

Als man mich nach dem »tragischen Irrtum« endlich zu meiner Familie zurückkehren ließ, hatten wir inzwischen ein neues Zuhause, sofern diese Bezeichnung für die Unterkunft, die man uns in der ostböhmischen Stadt Pardubice zugewiesen hat, überhaupt angebracht war. Sie bestand aus Zimmer und Küche ohne Bad, im vierten Stockwerk eines Hauses ohne Zentralheizung. Einen Ofen hatten wir in der Küche und Kohlen im Keller. Das Haus besaß keinen Aufzug, und so mußten wir die Kohle fünf Treppen hoch schleppen. In der Straße war die Wasserleitung nicht in Ordnung, bloß ganz selten, wirklich nur ausnahmsweise floß in unserer vierten Etage das Wasser und mußte deshalb gleichfalls in Eimern aus dem Erdgeschoß hinaufgetragen werden. Mein Mann, der Arzt war, hatte im dortigen Krankenhaus eine Anstellung als Laborant erhalten, ich bekam Arbeit im Großhandel für Haushaltsgeräte, in der Musterabteilung für Glas und Porzellan. In dem Betrieb sind mir, wie ich später erfuhr, die wildesten Gerüchte vorausgegangen. Meine Arbeitskollegen waren einfache Menschen. Anfangs verhielten sie sich mir gegenüber etwas vorsichtig, bald aber ließen sie alle Schranken fallen und nahmen mich, ein einigermaßen exotisches Geschöpf, warmherzig in ihrer Mitte auf.

»Weißt du«, sagte mir eines Tages eine Lagerarbeiterin zwischen den Kälte ausströmenden Regalen mit mannshohen Tellerstapeln und goß mir aus ihrer Thermosflasche heißen Tee ein, »wir haben erst mal ein bißchen abgewartet, wollten wissen, wie du wirklich bist. Weil das ja wichtiger ist, als was in den Papieren steht. Und dann ist uns ein Stein vom Herzen gefallen, und wir haben uns gesagt, was ist los, die ist doch fast genauso wie wir. Also fast. Dieser Frau muß man helfen, haben wir uns gesagt, weil wir ja allerhand erfahren haben und auch sehen, wie schwer du es hast.«

Und so brachten sie mir einmal Eier von ihren Hühnern, ein andermal Pflaumen aus ihrem Garten, dann wieder einen eigenhändig hergestellten Ziegenkäse. Einmal war ich besonders gerührt, da bekam ich vier Blumentöpfe mit reich und bunt blühendem Muskat für meine beiden Fenster, »damit du es auch ein wenig hübsch hast in unserer Stadt«.

Gut dreißig Jahre später führte mich meine Dolmetscherarbeit unverhofft erneut nach Pardubice. Diesmal wohnte ich im neuen Interhotel mit automatischem Personenaufzug, gekacheltem Bad und allen Schikanen. Es kam mir absurd vor.

Am Abend entschuldigte ich mich bei meinen Kollegen, sagte ihnen, daß ich allein durch die Stadt laufen wollte, sagte ihnen auch warum.

»Sollen wir nicht doch lieber mit dir kommen«, boten sich gleich zwei an und betrachteten mich besorgt.

»Nein, danke. Das muß ich wirklich allein tun.«

Da nickten sie verständnisvoll, ermahnten mich nur, nicht allzu lange fortzubleiben. Schließlich war es schon dunkel, und wir mußten ja auch am nächsten Morgen ziemlich bald mit der Arbeit beginnen.

Als ich aus dem Lichtschein des Hotels auf die erheblich finsterere Straße trat, ging es mir unwillkürlich durch den Kopf, wer sich wohl in der Zwischenzeit mehr verändert hat, die Stadt oder ich. Mein Mann war gestorben, meine Tochter hatte geheiratet und lebte mit ihrer Familie im Ausland. Ich hatte noch zwei Operationen überstanden, über ein Jahrzehnt lang wieder meinen alten Beruf ausgeübt, eine Zeitschrift redigiert. Als das nach 1968 jäh zu Ende ging, habe ich einen neuen Beruf erlernt, zwei weitere Bücher sind von mir erschienen, ein drittes war gerade in Vorbereitung. Ich habe eine Enkeltochter.

Hörst du, Pardubice, hätte ich am liebsten gerufen, als du mich aufnehmen mußtest, fürchtete ich, erledigt zu sein mit dem »tragischen Irrtum« auf der Seele und der bösen Krankheit im Leib. Und jetzt bin ich wiedergekommen, nur auf einen Sprung, nur um dir zu sagen, daß ich noch bin.

Zuerst ging ich mir das Haus ansehen, in dem wir gewohnt haben. Es stand sonderbar eingeklemmt zwischen ansehnlicheren Gebäuden, die kurze Gasse war nicht merklich verändert. Nur an ihrem Ende befindet sich nun ein großes modernes Bürohaus, das es zu unseren Zeiten dort nicht gegeben hat. Ich blieb stehen. Hier war doch früher ein Denkmal. Ein etwas ungewöhnliches Denkmal, denn mit ihm galt es nicht ein gekröntes Haupt, einen Heiligen, einen Heerführer oder berühmten Künstler zu ehren, das Monument, das ich nun vermißte, versinnbildlichte zwei Brüder, František und Václav Veverka, der erste ein Bauer und der zweite ein Schmied. Sie lebten hier an der Wende des 18. zum 19. Jahrhundert und haben gemeinsam eine Erfindung erdacht, die den Menschen leichter zu ihrem täglichen Brot verhalf. Sie erfanden nämlich den Sturzpflug, ein Gerät, mit dem man die Erde gut auflockern und gleichzeitig wenden konnte. Das hatte einen richtigen Umsturz der Landwirtschaft in ganz Mitteleuropa zur Folge. Die Stadtväter, denen Pardubice dieses Denkmal zu verdanken hatte, waren wohl kluge und wahrscheinlich auch gute Stadtväter. Jetzt aber haben die beiden steinernen Brüder offenbar dem modernen Bürohaus weichen müssen.

Ich überquerte die zu einem großstädtischen Boulevard erweiterte Hauptstraße, umging die Kirche zwischen einer Gruppe von Bäumen und stand vor dem Schulgebäude, das meine kleine Tochter besucht hatte. In meiner Erinnerung war es imposanter als der Bau, vor dem ich nun Halt machte.

Es duckte sich ein wenig in der ringsum entstandenen neuen Nachbarschaft.

Versonnen stand ich da, lauschte dem Kindergeschwätz, das aber nur in meinem Kopf ertönte, sah ganz deutlich die fragenden Kinderaugen vor mir, denen ich damals so oft eine Antwort schuldig blieb, und setzte meinen Weg schließlich wieder fort.

In der schönen Altstadt hat man in den letzten Jahren zahlreiche Verbesserungen vorgenommen. Die Häuser sind frisch verputzt, die zum Teil sehr alten Verzierungen erstrahlen in neuer Pracht. Wie früher, während meines unfreiwilligen Aufenthaltes an diesem Ort, betrachtete ich auch diesmal nachdenklich das Stadtwappen, das, gut beleuchtet, selbst in dieser Abendstunde hoch über mir zu sehen war. Ein weißer Pferdekopf auf rotem Hintergrund, ein leicht erhobenes rechtes Vorderbein, goldenes Zaumzeug – und sonst nichts. Vergeblich habe ich danach geforscht, warum der edle Ritter nur einen halben Schimmel in seinem Wappen führte. Auch wer dieser edle Ritter war, läßt sich aus den historischen Quellen nicht entnehmen. Warum wohl? Mein Mann hatte seinen Spaß daran, daß mich dieses Geheimnis so beunruhigte.

Als ich vor den vielen Jahren völlig unerwartet gerade in diese Stadt verpflanzt worden war und hier ein Dasein führte, das ziemlich widersinnig war und nur einen kleinen Teil meiner selbst erfüllte, schien es geradezu symbolisch zu sein, daß auch in dem Stadtwappen nur ein halbes Lebewesen festgehalten war. Ich konnte mich damals nicht des Gefühls erwehren, von unsichtbaren Dämonen umstellt zu sein, und mußte eine gute Portion Energie darauf verwenden, nicht überall böse Geister und drohende Gefahren wahrzunehmen.

Ach, Pardubice, dachte ich nun, ich habe dir gewiß Unrecht getan, bist du doch eine altehrwürdige und heute recht moderne, eine nicht allzu tumultuöse, eher freundliche Stadt, die es sicherlich gut meint mit ihren Einwohnern und auch mit den Besuchern, die bewundernd die schönen alten

Häuser betrachten, das historische Grüne Tor, die Kirche, das Theater.

Ich sah hier freilich, was andere nicht sehen konnten. Dort in der Ecke pflegte mein Mann auf mich zu warten, wenn er aus seinem Krankenhauslaboratorium kam und ich aus meiner Musterabteilung. Da drüben ist das Amtsgebäude, offenbar noch aus der Zeit der k. u. k. Monarchie, in dem man mir, die ich als einzige Überlebende meiner Familie im Jahr 1948 nach Hause zurückgekehrt war, erst nach der Rückkehr vom »tragischen Irrtum« Ende 1954 meine tschechoslowakische Staatsbürgerschaft neu zuerkannte, der ich durch die Eheschließung mit einem Jugoslawen verlustig gegangen war. Mit mir wurde damals auch meine achtjährige, in Belgrad geborene Tochter tschechoslowakische Staatsbürgerin.

Mir war ganz eigenartig zumute, als ich damals mit meinem Kind an der Hand das geräumige Treppenhaus des von der zuständigen Behörde verwalteten Gebäudes betrat. Der Schrecken der kaum vergangenen, unverständlichen und wahrhaft tragischen Episode in meinem Leben und alles, was damit zusammenhing, saß mir noch in den Knochen. Die amtliche Atmosphäre rief vieles wieder hervor.

Im Büro, in dem man uns empfing, verhielt man sich korrekt sachlich, eröffnete mir, daß ich nur noch den staatsbürgerlichen Eid zu leisten habe (in der Republik, die mein Geburtsland war!), damit sei dann alles erledigt. Eine Bibel wurde vor mich auf den Tisch gelegt. Ich schüttelte den Kopf. Der Beamte blickte die Angestellte, die sie vorbereitet hatte, mißbilligend an.

»Wir benötigen die Verfassung«, bemerkte er trocken.

Als sie gebracht wurde, forderte er mich auf, zwei Finger auf das Dokument zu legen, und wollte mir schon die Formel vorsprechen, da fühlte ich, wie sich ein warmes Händchen neben meine kalte Hand schob, und mein kleines Mädchen flüsterte mir zu: »Ich auch, Mutti.« Damit war der Bann gebrochen.

All das kam mir in den Sinn, als ich im gelben Licht einer

Straßenlampe nach all den Jahren ein bißchen wehmütig vor dem großen Gebäude stand.

Ich setzte meinen Erkundungsrundgang, oder aufrichtiger gesagt meinen sentimentalen Abstecher, in die wohl schmerzliche, zugleich aber zu meinen jüngeren Jahren zählende Vergangenheit fort und stand mit einem Mal vor dem Fleischerladen mit den grünen Kacheln an der Wand (immer noch mit den grünen Kacheln), in dem ich an Sonnabenden unser Suppenfleisch für das festliche Sonntagsmittagessen einholen ging. In diesem Laden mußte man in den fünfziger Jahren jede Woche Schlange stehen, und die meisten Kundinnen rings um mich waren Zigeunerinnen. Es gab dort immer viel Gekreisch und Gelächter und oft auch temperamentvolle Streitigkeiten. Meine kleine Anna, die stets mit mir kam, fand das alles sehr unterhaltend.

Vielleicht waren die Frauen in den grell geblümten langen Röcken die Mütter und Großmütter der jungen Mädchen, die ich nun in bunten Sweatern und Jacken dem Disco-Klub mit der leuchtenden Neon-Aufschrift zustreben sah. Disco hat es zu unseren Zeiten in Pardubice noch nicht gegeben.

Meine damaligen Arbeitskollegen konnte ich nicht aufsuchen. Es war ja eine schon recht vorgerückte Stunde, und die Büros und Lagerräume in den einstigen Stallungen des Schlosses lagen hinter dem großen verschlossenen Tor über der Wiese, auf die ich durch das winzige Fenster in der Musterabteilung zu blicken pflegte. Sie war immer schön, die feuchte Wiese, im Sommer besät mit dottergelben Blumen und im Winter unter einer glitzernden Schneedecke. In der Schloßgasse, wo die Musterabteilung in einem kellerartigen Gewölbe notdürftig installiert war, herrschte völlige Finsternis. Wahrscheinlich hatte man die alte Straßenbeleuchtung abmontiert und die neue stilgemäße, die die anderen Straßen und den kleinen Platz in der Altstadt erhellte, hier noch nicht angebracht.

Ich kehrte um und schlenderte langsam wieder dem Hotel zu. Auf der Hauptstraße betrachtete ich prüfend die Menschen, die an mir vorbeigingen. Kein einziges bekanntes Gesicht. Das war auch unwahrscheinlich nach einer so langen Zeit. Wer weiß, wo sie nun alle waren, die gutherzigen Lagerarbeiterinnen und die beiden Bürodamen, der Manipulant mit seiner Taubenzucht und der bigotte Buchhalter mit dem etwas losen Lebenswandel. Fast zwei Jahre lang habe ich unter ihnen gelebt, ehe ich eines Tages endlich wieder fortziehen konnte. Ich gehörte ja nicht hierher, war nur in diese Stadt verschlagen worden. Und doch wurde Pardubice zu einer Station auf meinem Weg, die ich nicht vergessen kann.

Der Anfang dort war trostlos, aber wir versuchten alle drei, so gut wir konnten, unsere neue, unverdiente Lage zu meistern. Wenn ich seufzte: Von hier kommen wir nie wieder weg, entgegnete mein Mann: Aber ja, du mußt nur noch ein wenig Geduld haben. Und wenn er nicht sprach und nur unendlich müde dreinblickte, behauptete ich gleich, eine Vorahnung zu haben, es werde nun schon bald eine Veränderung eintreten. Und so stützten wir einander gegenseitig gleich zwei schwankenden Gestalten in einem Wirbelsturm, bei dem man nicht weiß, woher der nächste Stoß kommt.

Mein Mann hat als frischgebackener Arzt in Belgrad, woher er stammte, Mitte der zwanziger Jahre in serbischer Sprache sein erstes Buch mit dem Titel »Medizin und Gesellschaft« veröffentlicht und darin seiner Empörung über die ungerechten sozialen Verhältnisse im Lande Luft gemacht, denen er als Kassenarzt auf Schritt und Tritt begegnete. Dieser Einstellung blieb er sein Leben lang treu: als Schiffsarzt, der beinahe rund um die ganze Welt fuhr, später als Arzt der XIV. Internationalen Brigade im Spanischen Bürgerkrieg gegen Diktator Francisco Franco, und auch in allen Ländern und unter allen schwierigen, schwierigsten und lebensgefährlichen Umständen, denen er als antifaschistischer, als denkender, zu Zweifeln berechtigter und an Hoffnungen festhaltender Mensch immer wieder ausgesetzt war. Als er Anfang der siebziger Jahre starb und ich zum ersten Mal mit dem Tod eines noch gestern neben mir lebenden Menschen konfrontiert wurde – meine Familie war ja in einer mir unbekannten Ferne verloschen – und jäh vor dem Scherbenhaufen einer über drei Jahrzehnte währenden Ehegemeinschaft stand, war ich fassungslos. Nicht nur, weil mich fortan niemand mehr begrüßte, wenn ich die Wohnungstür aufsperrte, weil niemand hören wollte, was ich gesehen, getan und erlebt habe. Nicht nur, weil der Platz am Eßtisch leer war und leer blieb. Nicht nur weil ich nun und in Hinkunft alle Entscheidungen allein treffen und auch durchführen mußte. Was mich fassungslos machte und was ich zunächst gar nicht begreifen konnte, war, daß die Erkenntnisse, das Wissen, die Sehnsucht nach mehr Verständnis, besserer Einsicht und klügerem Handeln, dieser andauernd und beständig angesammelte Reichtum eines Menschen mit seiner körperlichen Existenz verschwinden konnte. Was sollten da die hingekritzelten Notizen, die festgehaltenen flüchtigen Beobachtungen und Gedanken, die scheinbar nie abreißende geistige Tätigkeit, die jetzt unwiderruflich abgerissen war. So erging es mir in der ersten grausamen Zeit. Allmählich lernte ich, daß ich auch damit fertig werden und nun ein neues Kapitel in meinem Leben aufschlagen mußte. Als ich so weit war, habe ich dann in mir selbst, bei den mir nächststehenden, aber auch bei so manchen weiteren Menschen die Stütze gefunden, die jeder von uns unbedingt braucht und die man, ebenso unbedingt, niemandem verweigern sollte.

Ein solches gegenseitiges Stützen und aufeinander Angewiesensein habe ich gleichfalls im Krankenhaus empfunden, unter den Frauen, die meine zufälligen Mitpatientinnen waren.

Wir waren sechs, ich war die älteste, unmittelbar gefolgt von einer anderen Patientin. Die übrigen Insassinnen unseres Krankenzimmers waren alle ein gutes Stück jünger. Sie mußten sich zum Glück nur kleineren Eingriffen unterziehen, eine von ihnen zum Beispiel allein deshalb, weil sie ein Kind haben wollte und dazu bislang nicht fähig war.

Es war ein herrlicher Herbstmorgen, als ich mit meiner Tasche in dem alten Krankenhaus am Rande der Stadt ankam. So sehr alt ist es eigentlich nicht, es wurde in den dreißiger Jahren erbaut, später dann von den deutschen Besatzern übernommen, nachdem sie im Jahr 1939 in die Tschechoslowakei einmarschiert waren und sich in der verhältnismäßig ruhigen Atmosphäre ihres »Protektorates« auf den Krieg vorbereiteten. Sie errichteten hier ein großes Lazarett. Die ebenerdigen Pavillons, die untereinander mit einem klug durchdachten Korridorsystem verbunden sind, schienen ihnen für diesen Zweck außerordentlich geeignet.

Die Frauenabteilung war vor meinem Einzug neu gemalt worden. Wir sechs waren die ersten Patientinnen in dem noch nach frischer Farbe riechenden geräumigen Zimmer mit den großen Fenstern, vor denen geschwätzige Stare herumhüpften, ab und zu auch eine Krähe. Vielleicht war es gerade diese blitzsaubere, verheißungsvoll einen neuen Anfang verkündende Umgebung, der klare blaue Himmel vor den Fenstern und die Sonnenkringel auf dem blank gescheuerten Fußboden, die in dem Krankenzimmer vor dem Operationstag keine düstere Stimmung aufkommen ließen. Wohl erklärte immer wieder eine der Frauen, sie habe Angst, es könnte sich bei dem Eingriff etwas viel Schlimmeres herausstellen, als es die Diagnose vorsah. Aber stets gelang es allen anderen, diese Befürchtungen zu zerreden. Plötzlich wandte sich eine der jungen Frauen, die wie ein Mädchen aussah, obwohl sie schon zwei Kinder hatte, an mich und fragte:

»Womit sind Sie hier? Sie haben keine Angst?«

»Nein«, antwortete ich wahrheitsgetreu. Ich mußte ja keine böse Überraschung befürchten, ich wußte, was mit mir los war.

Einige Tage später wußten auch die anderen Bescheid. Ich war glücklicherweise der einzige »schlimme« Fall unter ihnen. Als ich aus der Intensivstation wieder in das große Zimmer zurückkehren durfte, wurde ich mit warmer Herzlichkeit, zugleich aber ein wenig scheu begrüßt.

»Funktioniert das Kaffeehaus noch?« erkundigte ich mich.

Da war es mit der Scheu schnell vorbei. Wir hatten alle ein bißchen Kaffee oder Tee mit, in der Teeküche im Korridor wurde Wasser aufgesetzt und jeden Tag um drei Uhr nachmittags kauerten wir auf zwei Betten beieinander, teilten brüderlich, besser gesagt schwesterlich allerlei Leckerbissen, die unsere Besucher mitbrachten, und es wurde munter drauflos geplaudert.

Dabei erfuhr ich, daß die Zweitälteste von uns als Verkäuferin in einem der frequentiertesten Obst- und Gemüseläden im Herzen von Prag arbeitete, eine Beschäftigung, die für sie offensichtlich zu schwer war. Eine andere Frau war in einem Ministerium angestellt, die meisten verdienten ihren Lebensunterhalt oder das, was sie in ihren Familien dazu beitrugen, mit verschiedener Büroarbeit. Eine Frau von recht kleiner Gestalt und mit einem sonderbaren Gesichtsausdruck, die in der nächsten Umgebung von Prag zu Hause war, hatte vier Kinder, arbeitete »nur« im Haushalt und in ihrem Garten, wo sie für die Gemüsebeete und Obstbäume sorgte. All dies mit einer verkrüppelten Hand als Folge einer vor Jahren schlecht behandelten und nie ausgeheilten Verletzung. Bei unserem Plausch wurde immer ein bißchen über die Männer geschimpft und gleichzeitig mit Sehnsucht jeder Besuchstag erwartet und schon lange vor der gegebenen Stunde nach eben diesen Männern ungeduldig Ausschau gehalten.

Mein Mann war schon tot, mich besuchten nur meine Freunde. Dafür aber bekam ich häufig Briefe von meiner Tochter und Enkelin aus England. Jeder wurde mir schon von weitem laut angekündigt.

»Es gibt wieder Post für Sie! Zeigen Sie, hat die Kleine auch diesmal etwas gezeichnet?«

Einmal mußte ich am Abend einer der ganz jungen Frauen lange gut zureden, weil man ihr eröffnet hatte, sie müsse sich noch einer Nachuntersuchung unterziehen, was sie völlig verstörte.

»Ich komme hier nie mehr lebend hinaus«, weinte sie. Und als sie vier Tage später entlassen wurde, weil alles gut ausgegangen war, brachte sie mir drei Bananen, damals eine rare Ware.

»Nehmen Sie sie doch mit nach Hause«, sagte ich, »für Ihren Jungen.«

»Der bekommt jetzt wieder seine Mutti«, lachte sie, »das ist besser als Bananen. Und Sie haben mir damals an jenem Abend, Sie wissen ja wann, gesagt, daß man von sich aus nichts aufgeben darf. Das will ich mir merken, und dafür kriegen Sie jetzt meine Bananen.« Und sie umarmte mich und tänzelte beinahe aus dem Zimmer.

Ein paar Tage später wurde mir beim abendlichen Duschen plötzlich schwarz vor den Augen, und ich fiel fast um. Aufgefangen hat mich die Frau mit der verkrüppelten Hand. Von da an paßte sie richtig auf mich auf. Kaum bemerkte sie, daß ich Handtuch und Seife zur Hand nahm und mich zum Baderaum aufmachte, trippelte sie auch schon in ihren roten Pantoffeln hinter mir.

»Das müssen Sie wirklich nicht«, dankte ich ihr. »Mir passiert nichts mehr. An jenem Tag habe ich eine etwas zu starke Spritze bekommen, das war es.«

»Und woher weiß ich«, antwortete sie und faßte mich mit ihrer gesunden Hand unter, »daß Ihnen irgendein Narr hier nicht noch einmal ein bißchen zu viel von dem Teufelszeug einträufeln läßt? Nein, nein, ich komme lieber mit.«

Da fiel mir wieder einmal die Frage ein, ob ich es in meinem Leben mehr mit guten oder mehr mit schlechten Menschen zu tun hatte. Bestimmt mehr mit guten. Aber vielleicht vergißt man die schlechten schneller.

Die Krankenschwestern in dieser Frauenabteilung waren fast durchweg bildhübsche junge Mädchen. Eine war gerade dabei, nach Italien zu heiraten, einen Mann, den sie während seines Studiums in Prag kennengelernt hatte. Als sie auf meinem Nachttisch ein französisches Buch bemerkte, strich sie ein wenig um mich herum und fragte schließlich verlegen, ob ich imstande wäre, ihr einen italienischen Brief zu übersetzen. Ich versprach, es auf jeden Fall zu versuchen, erfreut über diese Abwechslung in der Routine des Krankenhausbetriebs. Und dann übersetzte ich ihr eine ganze Reihe von Briefen ihrer zukünftigen Schwiegereltern, die ihr sehr freundlich schrieben, obwohl sie das Mädchen bisher nur von Fotos kannten.

»Ich muß also keine Angst vor ihnen haben?« fragte sie mich immer wieder und hatte Angst.

»Ach wo, die freuen sich doch auf Sie. Und mit Recht. Kriegen ja nicht nur eine schöne, sondern auch noch eine tüchtige Schwiegertochter.«

Sie errötete leicht. »Danke, hoffentlich wird es so sein.«

Wie eigenartig, fiel mir ein, in diesen weißen Wänden hat scheinbar Angst in verschiedenster Form ein Hausrecht.

Eine andere Schwester, gleichfalls sehr hübsch, setzte sich eines Tages an mein Bett und erzählte, sie habe sich um einen Posten in Algerien beworben, den Konkurs gewonnen, auch die Bewilligung der tschechoslowakischen Behörde habe sie schon in der Tasche, ihre Mutter weine nicht mehr, und nun müsse sie nur noch eine Schwierigkeit bewältigen.

»Was denn?«

»Ich lerne französisch«, sagte sie, »habe eine sehr gute, aber auch sehr strenge Lehrerin. Sie geht in einem Tempo vor, als ob ich den ganzen Tag lernen könnte. Aber ich kann das doch nur nach der Arbeit. Die größten Sorgen machen mir die Vokabeln, weil ich niemanden habe, der mich abhören könnte.« Und sie guckte mich mit ihren blauen Augen bittend an. »Ich weiß nicht, ob ich Ihnen so etwas überhaupt zumuten kann, aber könnten Sie vielleicht ...«

Fast jeden Nachmittag saß sie dann bei mir, und kaum erschien sie in der Tür, riefen auch schon meine Mitpatientinnen: »Ihre Studentin ist da.«

Wir paukten nach allen Regeln der Studierkunst, sie machte verblüffende Fortschritte, freute sich, wenn ich sie lobte, und erkundigte sich jedesmal ängstlich:

»Strengt es Sie nicht an? Der Herr Primarius darf nichts davon wissen. Der würde ganz schön toben.«

Ich weiß nicht, ob der gestrenge Primararzt je etwas von meiner linguistischen Tätigkeit in seiner Abteilung erfahren hat. Aber warum hätte er toben sollen? Ich fühlte mich bei dieser Beschäftigung nicht angestrengt, vielmehr meiner Krankheit entrückt. Neben den Briefen meiner Tochter und Enkelin waren diese beiden Mädchen und ihre Zukunftsträume während meines Krankenhausaufenthaltes die beste Verbindung zum alltäglichen Leben.

Wenn es am Abend in der ganzen Abteilung endlich ruhig wurde, schlüpfte ich aus dem Zimmer und ging im stillen Korridor eine geraume Weile spazieren. Dazu gab es eine ganz besondere Begleitmusik. In dem ebenerdigen Bau lebte anscheinend eine große Menge Grillen, die freilich nirgends zu sehen waren. Aber abends zirpte es von allen Seiten, ein unüberhörbares Gesumme und Geraschel, und ich versuchte mir die Tierchen so vorzustellen, wie ich sie einst in meinen Kinderbüchern abgebildet sah: mit winzigen Geigen in den dünnen Ärmchen, mit langen Fühlern wippend und leise, leise ihre Liedchen fiedelnd. Oft lauschten ihnen dabei Häschen und Eichhörnchen, Igel, Mäuschen und Maulwürfe. Aber hier, in dem menschenleeren weißen Korridor, zirpten sie in den stillen Abendstunden nur für mich.

Im Gefängnis hat es mit Geräuschen eine ganz andere Bewandtnis. Die können kaum eine märchenhafte Vorstellung heraufbeschwören. Man wartet auf sie und fürchtet sie zugleich. Eine Gittertür rasselt, Schritte kommen näher, gehen vorbei, entfernen sich. Diesmal also nichts. Erleichterung und Enttäuschung bemächtigten sich des Häftlings. Jemand hustet in dem unheimlichen Bau, jemand stöhnt, jemand weint. Eine Tür kracht, Eßgeschirr klappert, Stiefel knarren. Irgendwo wird jemand wild, rast gegen seine Zellentür. Geflüster im Korridor. Und dann plötzlich nichts. Gar nichts. Stille, die hier niemals etwas Gutes verheißt.

Wenn ich daran denke, fühle ich bis heute, wie mir von den Fußspitzen aufwärts Entsetzen die Haut zusammenzieht. Warum hat jemand getobt? Warum hat man geflüstert, warum ist es jetzt still?

Dann gibt es noch die Geräusche von draußen. Irgendwo fährt ein Zug. Jemand ruft jemandem etwas zu, jemand lacht. Ein Flugzeug, eine Vogelstimme, vielleicht bloß ein Flügelschlag. Eine Turmuhr, der Wind. Regen prasselt. Die Sonne, die man nicht sieht, kann man auch nicht hören.

Stille, wohltuende Stille gibt es hinter Gittern eigentlich nie. Auch in der Nacht krachen Türen, schlurfen Schritte, rasselt oder rauscht oder kreischt es irgendwo. Selbst die fahl leuchtende Glühbirne an der Wand zischt leise. In der kalten Heizung gluckert es unnütz. So war es auch im »sozialistischen« Gefängnis.

Einschlafen war schwierig, schlafen schön. (Das gilt übrigens auch für den Krankenhausaufenthalt.) Woher kommen Träume, wenn es doch in einer Zelle weder Mond noch Sterne, noch den Frieden der Nacht gibt?

Ich hatte zwei Träume, die immer wieder kamen. Ich weiß nicht warum und weiß nicht woher. Ich rief sie auch nie zurück, sie kamen von allein, und wenn ich aus ihnen erwachte, war ich in der trostlosen Einzelzelle eine ganze Weile lang beinahe glücklich.

Der eine Traum führte mich in eine weiße Stadt, in der ich nie gewesen bin. Dennoch kannte ich mich in ihr aus. Ich wußte genau, durch welche Straßen ich auf den Platz mit der Kathedrale kam – oder war es ein Rathaus oder ein Palast? Alle Häuser in dieser Traumstadt waren weiß, aber strahlend, geradezu funkelnd weiß war nur der große Bau auf dem Platz, dem ich jedesmal, wie von unsichtbarer Hand geleitet, zustrebte. Es gab auch Menschen und sogar Tiere in den Straßen, doch wie die aussahen, daran konnte ich mich, sobald ich aufwachte, nicht mehr erinnern. Nur an die Straßen, nur an die wunderbare Gewißheit, daß ich den richtigen Weg kannte und das große lichte Gebäude bestimmt wieder finden würde. Ich weiß auch, daß auf dem Platz davor weiße Tischchen und Stühle standen, einladend, aber unbesetzt. Musik erklang von irgendwo, aber in den

Straßen war nichts zu sehen. Es gab sie wohl nur in meinem Kopf. So war der eine Traum.

Der andere war noch eigenartiger. Da sah ich meine Hände. Sie waren schmal, schienen ein bißchen größer zu sein, die Finger etwas länger. Und sie waren gleichfalls weiß, meine Hände, weiß und beinahe durchsichtig. Ich spreizte im Traum behutsam die dünnen Finger, und da erblühten zwischen ihnen Blumen in Farben, die ich nie gesehen habe und die ich auch nicht beschreiben kann. Ich weiß nur, daß sie unsagbar schön waren, diese Traumblumen, sich allmählich in wundervoller Gestalt entfalteten, auch dufteten, ja, sicher haben sie auch geduftet. Das Beglückende waren aber die unbekannten, nie gesehenen Farben. (»Dreifach an Farbe und von einem Umfang; und einer schien vom anderen wie von Iris«, so las ich es einst bei Dante.)

Ich konnte noch so frieren in der dumpfen Zelle – wenn dieser Traum kam, spürte ich weder Kälte noch Hunger, ja selbst keine Trauer. Ich betrachtete meine Hände mit den Blumen, die zwischen den Fingern blühten, in Farben, die es auf dieser Welt nicht gibt, und wurde ganz ruhig und sicher in mir.

Niemals ist es mir gelungen, diesen Traum am Tag nachzuträumen. Die weiße Stadt, den Platz mit dem weit ausholenden schönen Gebäude, all das vermag ich bis heute in mir hervorzurufen. Von den Blumen und ihren Farben ist nur das Bewußtsein in mir geblieben, daß ich sie geträumt habe. Nicht einmal, immer wieder.

In dem Krankenhaus neben dem Prager Fausthaus, wo sich schon im vierzehnten Jahrhundert der böhmische Fürst Wenzel Opavský mit den Naturwissenschaften beschäftigte und im 16. Jahrhundert ein englischer Alchimist namens Edward Kelley geheimnisvolle Versuche unternahm, hatte ich ein Erlebnis, das mich auf seine Weise in die von Legenden umwitterte Atmosphäre zurückführte, die in dem alten Gemäuer festgehalten zu sein scheint.

Ich war einige Tage in der Onkologischen Abteilung

hospitalisiert, danach durfte ich mich wieder ambulant behandeln lassen. In dem Zimmer, in dem ein leeres Bett für mich bereitstand, lagen eine junge Frau, eine in unserer Stadt recht gut bekannte Schauspielerin, eine ältere Frau nach einem schweren Schlaganfall, die nur vorübergehend in dieser Abteilung untergebracht war, und im Bett neben mir eine weißhaarige Frau vom Dorf, der man vor kurzem ein Bein amputiert hatte.

Meine weißhaarige Nachbarin war freundlich und geduldig, klagte nie, und wenn sie sah, daß ich las, blieb sie still, was ich zu schätzen wußte. Als eines Tages eine Gruppe von Medizinstudenten hereinmarschierte (Fakultätskrankenhaus!) und von dem sie begleitenden Arzt geradenwegs zu ihrem Bett geleitet wurde, sah sie ihnen mit bewundernswertem Gleichmut entgegen. Zwei der jungen Leute wurden ein wenig verlegen, als der Arzt die Frau bat, ihr amputiertes Bein vorzuführen. Aber die anderen, unter denen ein hochgewachsener Brillenjüngling auffiel, hatten offenbar vornehmlich ihre Wissenschaft im Kopf und stellten unbefangen auf den Kern der Sache vorstoßende Fragen. Wann hat man ihr das Bein abgenommen, war es unumgänglich gewesen, hat sie sich mit dem Verlust abgefunden oder war es sehr schwierig, wie kommt sie nun zurecht?

Meine Nachbarin antwortete ruhig auf alle Fragen. Ich versuchte zu lesen und nicht hinzuhören. Dennoch vernahm ich mit einem Mal: »So, und das reicht. Jetzt wißt ihr schon genug, und ich sage nichts mehr.«

Als ich zu ihr hinüberblickte, sah ich gerade noch, wie die Frau die Decke hochzog, den Kopf nach meiner Seite wandte, und weil ich sie anschaute, zwinkerte sie mir zu und murmelte:

»Die haben doch auch Bücher, nicht? Dort können sie mehr darüber nachlesen.«

Von Büchern wußte sie allerhand, denn ihr Sohn war in Prag Buchhändler. Das erfuhr ich, als sie mich eines Abends ersuchte, ob ich mit ihm nicht telefonieren könnte und in ihrem Namen bitten, er solle sie mit dem Auto abholen, sie dürfe das Wochenende zu Hause verbringen. Natürlich war ich dazu bereit, glaubte, es falle ihr schwer, auf ihren Krücken und mit der Prothese zum Apparat im Korridor zu humpeln. Aber kaum hatte ich die erste Nummer gedreht, klapperte etwas hinter mir, und sie stand da und verfolgte dann aufmerksam mein Gespräch.

»Warum rufen Sie Ihren Sohn nicht selbst an?« fragte ich erstaunt.

»Ich kann mit dem Automat nicht zurechtkommen«, war ihre Antwort, »und ich habe auch Angst vor der Hexe, weil ich ja die ganze Zeit liegen soll.«

Die Hexe war das alte Weiblein, das uns das Essen brachte. Klein von Gestalt, mit einem bereits ein wenig gerundeten Rücken, nicht überaus ordentlich gekämmten grauen Haarschopf, immer mürrisch dreinblickend und vor allem ständig schimpfend, paßte dieser Beiname, der nicht unbedingt böse gemeint war, recht gut zu ihr. Sie arbeitete verläßlich, machte keine Fehler, wenn sie ihr Wägelchen zwischen die Betten rollte, stellte immer den richtigen Teller an jedes Bett. Hinter ihrem bissigen Verhalten blitzte mitunter schlecht vertuscht ein Funke warmer Menschlichkeit durch.

»Na, gnädige Frau, das ist ja wieder einmal ein toller Aufzug«, bemerkte sie kopfschüttelnd, als die Schauspielerin eines Tages in einem weinroten Nachthemd mit vielen Spitzen und Rüschen vor ihr in dem schmalen Krankenbett lag. »Als Zeichen meiner Verehrung habe ich Ihnen heute ein Glas saurer Milch gebracht. Ich höre, Sie haben Verdauungsschwierigkeiten.«

»Und Sie stellen mir gefälligst nicht ihr drittes Bein in den Weg«, herrschte sie meine weißhaarige Nachbarin an und schob die abgestellte Prothese ein wenig beiseite, »sonst gibt es nächstens keinen Pudding für Sie.«

Pudding war eine Auszeichnung, die man von der Hexe bekommen konnte, auch wenn er nicht gerade auf dem Speisezettel stand. Mir lieferte sie stillschweigend mein Essen ab und würdigte mich ansonsten keines überflüssigen

Blickes. Das war ein gutes Zeichen, wurde ich von den Frauen belehrt, für unkomplizierte Fälle habe sie kein sonderliches Interesse.

Unkomplizierte Fälle? In der onkologischen Abteilung?

Aber am dritten und wunderbarerweise auch letzten Tag meines Aufenthaltes dort blieb sie mit dem Frühstück an meinem Bett stehen und fragte mit einem Blick auf die Bücher auf meinem Nachttisch:

»Können Sie auch Englisch?«

»Ja.«

»Gut?«

»Ganz anständig. Warum?«

»Nur so.«

»Die Frau darf heute schon nach Hause gehen«, mischte sich meine weißhaarige Nachbarin in das Gespräch ein, »wird nur zum Bestrahlen herkommen.«

»Kann mir doch egal sein«, brummte die Hexe und rollte ihr Wägelchen eiligst aus dem Zimmer.

Ich blickte ihr nachdenklich nach. Warum hat sie sich ausführlich nach meinen Englischkenntnissen erkundigt? Überhaupt hatte die Frau etwas an sich, das ich mir nicht erklären konnte. Etwas, das mit der dummen Phrase »hat einst bessere Zeiten gesehen« ein wenig abwertend beschrieben wird. War das etwa der Grund für ihre Barschheit?

Ich packte meine Tasche und bemühte mich, den Zurückbleibenden nicht zu zeigen, wie glücklich ich war, in meine vier Wände zurückkehren zu dürfen.

Im Korridor stand die Hexe. Ich konnte sie fast nicht erkennen. Sie hatte den Krankenhauskittel abgelegt, war in einen leicht zerzausten Pelzmantel gehüllt und hatte einen Hut auf dem Kopf.

»Sie gehen schon?« fragte sie weder freundlich noch unfreundlich.

»Ja.«

»Aber Sie müssen wiederkommen, ich meine zur Bestrahlung?«

»Jeden Tag. Sie kennen das ja sicher.«

»Sicher. Na dann auf Wiedersehen.«

Was sollte dieses für ihr sonstiges Verhalten so unerwartet lange Gespräch?

Es folgte ein Wochenende, erst am Montag mußte ich zur Behandlung erscheinen. Wieder stand die Hexe im Korridor. Nun war mir klar, daß sie etwas von mir wollte.

»Guten Tag«, grüßte ich sie. »Hatten Sie ein gutes Wochenende?«

»Wie immer.« Sie steckte bereits in ihrem blauen Arbeitskittel, hantierte an dem Wägelchen. »Die Frau mit dem Schlaganfall ist gestorben.«

Ich war schon an der Tür zu dem Krankenzimmer, wollte wie versprochen bei meinen Mitpatientinnen vorbeischauen. Jetzt zögerte ich.

»Warten Sie«, sagte die Hexe, »ich rufe die Junge heraus. Die Alte mit der Prothese ist bei der Prozedur, mit der Schauspielerin könnten Sie bestenfalls erst später reden, der mußten sie eine Beruhigungspille geben. Jetzt schläft sie.«

So viel auf einmal hatte ich die Frau vorher nie sprechen gehört. Ihr rauhes Wesen war also wirklich zum guten Teil nur vorgetäuscht.

Als ich am nächsten Tag in das Spital kam, wiederholte sich unsere Begegnung im Korridor. Diesmal kam die kleine Alte direkt auf mich zu.

»Kann ich Sie um etwas bitten?«

»Selbstverständlich.«

Sie hielt ein paar bedruckte Blätter in der Hand.

»Könnten Sie mir das hier übersetzen? Ich meine nicht alles, hauptsächlich die Bildunterschriften. Ich kann auch etwas Englisch, aber nicht genug. Und das hier interessiert mich sehr. Es ist etwas über die Natur.«

»Gern«, sagte ich und nahm die Blätter in Empfang, bemerkte dabei, daß es nicht gerade wenige waren. Wird wahrscheinlich etwas über Blumen sein, dachte ich und stellte mir das Zimmer der Frau vor, das Fenster voll von Blumentöpfen, so daß dort gar kein richtiges Licht eindringen kann.

»Möchten Sie eine Portion Pudding haben«, fragte die Hexe und hielt auch schon ein Schüsselchen in der Hand, »er ist heute besonders gut.«

»Nein, danke. Vielleicht ein andermal.«

Als ich nach Hause kam, legte ich mich wie immer erst ein wenig hin. Da erinnerte ich mich, daß ich das gedruckte Zeug der Alten noch in der Handtasche hatte. Ich stand auf und holte es. Glättete die zusammengefalteten Blätter: National Geography, stand auf der Titelseite. Immerhin. Und dann wollte ich meinen Augen nicht trauen. Was ich zur Übersetzung mitbekommen hatte, war eine Abhandlung über Spinnen. Ausführlich und lang. Ich erfuhr, daß es von Spinnen – Araneae – an die zwanzigtausend verschiedene Arten gibt, die größte, die Vogelspinne – Theraphora leblondi – bis 9 cm lang wird, die kleinste, die Zwergspinne – Myoryphantidae – nur bestenfalls 1 bis 2 mm. Und alle müssen von den sogenannten Spinnentieren – Arachnoideae – unterschieden werden, von denen sogar an die dreißigtausend Arten bekannt sind. Skorpione, die zu ihnen gehören, werden bis zu 18 cm lang und besitzen sechs Paar Gliedmaßen.

Ich legte die aus einem Heft herausgerissenen Blätter beiseite. Spinnen, warum gerade Spinnen? Was hat die mürrische Frau mit dem Essenwägelchen – aber auch mit dem treuherzigen Puddingangebot – ausgerechnet mit Spinnen zu tun? Und wieso begegne ich ihnen wieder einmal, wenngleich in dieser ungeahnten Weise? Man könnte beinahe abergläubisch werden und an die magischen Künste des Doktor Faustus glauben.

Aberglauben im Zusammenhang mit Spinnen habe ich mir längst abgewöhnt, habe mich mit ihnen sogar angefreundet und finde sie ganz possierlich und hübsch.

In dem Prager Gefängnis schlief ich auf einem Strohsack, der nicht prall gefüllt war. Somit lag ich unmittelbar über dem Fußboden, der unter seinem braun-roten Belag und im Licht der trüben Glühlampe an der gegenüberliegenden

Wand, die mir die ganze Nacht ins Gesicht leuchtete, der Reliefkante eines unbekannten Landes glich. Jedenfalls phantasierte ich mir das zurecht. Es gab da Vertiefungen und kleine Höcker, die für mich Bäche, Schluchten und Berghänge darstellten. In einer Ecke, in Reichweite von meinem Kopfende, war der Belag zerschunden. Dort zeigten sich abbröckelnde Ziegelsteine. Ich versuchte diese öde Fußbodenlandschaft zu beleben, wenn ich unter der dünnen Decke auf dem dünnen Strohsack lag. Was, sagte ich mir, wenn aus der Vertiefung dort drüben plötzlich ein Goldfisch auftauchen und zu mir herüberschwimmen würde, um mich zu befreien. Oder wie wäre es, wenn über den Buckel, der ja ein von einem Riesen verwunschenes Schloß sein könnte, mit einem Mal ein kleiner Drache auf mich zukäme …

In diesem Augenblick glaubte ich, nicht richtig zu sehen. Auf dem Buckel, der ein verwunschenes Schloß sein könnte, bewegte sich etwas. In der Tag und Nacht ununterbrochen bewachten und oft mehrmals am Tag kontrollierten Zelle? Zuerst bewegten sich auf dem Höcker komische, leicht flaumige Fühler in der Luft, dann tauchten zwei winzige, schwarz glänzende Äuglein auf, und schließlich krabbelte ein Spinnchen vorsichtig über die braun-rote Hürde. Ich rührte mich nicht und hielt auch den Atem an. Die kleine Spinne trippelte näher, blieb stehen, rannte ein wenig zurück, kam wieder, bewegte die Fühler, blieb abermals stehen und betrachtete mich. Ich war überzeugt davon, daß sie mich betrachtete.

Warum sollte man sich vor Spinnen graulen? Warum sollten sie am Morgen »Kummer und Sorgen« bringen? Ich jedenfalls war glücklich, ein Lebewesen in meiner Zelle zu haben. Und weil ich nicht verstehen konnte, warum meine Aranea die scheußliche Zelle, in der es nichts, aber auch gar nichts zu fangen, geschweige denn zu fressen gab, mit mir teilen wollte, phantasierte ich ihr eine Mission an, ernannte sie zum Überbringer einer Botschaft. Da sie jedoch stumm blieb, hin und her lief und nur manchmal Halt machte und mich mit ihren schwarz glänzenden Kugeläuglein betrachtete, deutete ich ihren Besuch nach eigenem Ermessen als ein gutes Zeichen: Auch wenn ich ganz allein war, fortgerissen von allen anderen Menschen, so blieb ich doch ein Bestandteil der allumfassenden Lebensgemeinschaft auf dieser Welt. Ich mußte nur durchhalten und würde dann bestimmt zu meinem Kind und meinem Mann und allen Mitmenschen zurückkehren. Das war die Botschaft meiner freiwilligen winzigen Zellengefährtin.

Diese Überzeugung, diese Sicherheit der Zugehörigkeit zur Lebensgemeinschaft von Mensch und Welt hat mir, wann immer ich an den Rand eines Abgrunds geriet, stets verläßlich geholfen.

Die Spinne blieb einige Tage mit mir, dann überkam sie wohl Hunger oder die Sehnsucht nach Licht und Sonne, und sie machte sich davon. Sie nahm mein Versprechen mit, mich nie mehr im Zusammenhang mit ihrer Gattung durch einen Aberglauben beunruhigen zu lassen. Daran halte ich mich auch.

Mit ihren Verwandten, den Spinnentieren – Arachnoideae –, genau gesagt mit Skorpionen, war ich unter ganz anderen Umständen zusammengekommen. Ich lebte damals in Mexiko, in der Hauptstadt Ciudad de México, die in einer Höhe von über 2000 Metern über dem Meeresspiegel liegt. Es war während des Krieges und ich hatte schon ein halbes Jahr Gefängnis und zwei Lageraufenthalte von insgesamt über anderthalb Jahren hinter mir. Nach meiner Ankunft in Mexiko-Stadt warnten mich Freunde: »In dieser Höhe kannst du nicht so herumsausen wie in Prag oder Paris.« Aber ich spürte keine Behinderung, war begeistert, endlich wieder ein freier Mensch zu sein, und bewegte mich in der faszinierenden fremden Stadt im gleichen Tempo wie überall vorher. Bis ich eines Tages zusammenklappte und eine Zeitlang in tieferer Höhenlage und ruhiger leben mußte. Freunde hatten in dem bekannten Ferienort Cuernavaca, nicht weit von der Hauptstadt, aber etwa um eintausend Meter tiefer gelegen, ein Landhaus gemietet und stellten es meinem Mann und mir zur Verfügung. Dort sollte ich mich erholen.

Als ich in dem Haus am ersten Abend im Bett lag, las und zufällig zur Zimmerdecke aufblickte, bemerkte ich oben irgendwelche braunen Käfer.

»Weißt du, was da oben herumkrabbelt?« fragte ich meinen Mann.

Er blickte gleichfalls von seinem Buch auf, machte es dann schnell zu und sagte etwas unsicher: »Ich fürchte Skorpione.«

Und schon war ich aus dem Bett. Aber bald lernte ich, meine Angst vor diesen giftigen Insekten zu meistern. Allmählich brachte ich es sogar fertig, unsere unliebsamen Hausgefährten, von denen es in dem alten Gemäuer in zahllosen Fugen und Ritzen nur so wimmelte, notfalls mit dem Absatz meiner Sandale zu vernichten. Aber ein idealer Erholungsaufenthalt wurde es hier nun nicht gerade.

Eines Tages gingen wir durch die Ortschaft, fast betäubt von dem Duft der überall üppig wuchernden, in allen Farben glühenden Tropengewächse und Blumen. Sie hingen über Zäune, umrankten Balkone, kletterten verschwenderisch bis auf die Dächer. Auf einmal wurde ich stutzig, begann in der Luft zu schnuppern.

»Hier hat jemand eine Flasche mit Essig zerbrochen oder zumindest verschüttet. Riechst du es auch?«

»Jawohl«, sagte mein Mann und wies auf eine Gruppe von Menschen, die ein paar Meter vor uns auf der Landstraße um irgend etwas herumstanden. »Kommt scheinbar von dort.«

Als wir näher kamen, begann das Häuflein Menschen wild zu gestikulieren: »Atención!« riefen sie und traten ein wenig beiseite. »Achtung!«

Im weißen Straßenstaub lag ein bräunlicher Käfer, etwa so groß wie ein Handteller, schien tot zu sein und verströmte einen geradezu beißenden Essiggeruch. Einige Männer hielten noch Steine in der Hand.

»Un escorpión, señora«, sprach mich eine alte Indianerin an und blickte unter ihrem breitrandigen Sombrero ein wenig verschreckt hervor, »uno de los más peligrosos, muy venenoso.« Einer der gefährlichsten, sehr giftig.

Völlig ungiftig und ungefährlich war die gute Hexe, als ich ihr nach ein paar Tagen die Übersetzung der zahlreichen Bildunterschriften aus ihrer Zeitschrift brachte. Ich glaube, sie war sogar ein bißchen gerührt.

»Sie haben mir das alles wirklich übersetzt?« brummte sie, nahm die losen Blätter fast zärtlich entgegen, stopfte sie jedoch sofort schonungslos tief in beide Taschen ihres Arbeitskittels.

»Es hat mich ein wenig überrascht«, wagte ich zu bemerken, »daß Sie sich gerade für Spinnen interessieren.«

»Warum? Sie sind doch auch ein Teil der Natur, und die ist überall. Gerade das interessiert mich. Ich lese allerhand, das hier ist eine großartige Zeitschrift und ...«

Sie hielt jäh inne, als ob sie schon zu viel gesagt hätte, und machte sich an ihrem Wägelchen zu schaffen. Dann fügte sie noch hinzu:

»Vielen Dank auch. Jetzt hole ich Ihnen einen Pudding, den müssen Sie nehmen, er ist heute besonders gut und«, sie streifte mich mit einem raschen Blick, »auch nahrhaft, das können Sie mir glauben.«

Diesmal duldete sie keinen Widerspruch. So saß ich dann einige Minuten später auf einer Fensterbank im Korridor der Onkologischen Abteilung, löffelte die himbeerfarbene Puddingkugel, die die Spenderin noch mit ein paar Apfelsinenscheibchen verziert hatte, und stellte fest, wie doch der Augenschein trügen kann. Die Hexe mit dem Speisewägelchen war in Wirklichkeit eine interessante, wahrscheinlich auch gebildete alte Dame, die ihre Arbeit redlich versah und vielleicht nur deshalb so schroff war, weil sie den Kranken, die sie bediente, nicht verraten wollte, daß sie mit ihnen litt.

Oft werde ich, vor allem von jungen Leuten, erstaunt gefragt, was mich, als ich jung war, dazu veranlaßt hat, mich der Arbeiterbewegung anzuschließen, mich, wie man heutzutage zu sagen pflegt, politisch zu engagieren, und ob ich nicht bedauere, meine Zeit und Energie dafür eingesetzt zu haben. Solche Fragen beunruhigen mich natürlich, besonders wenn ich nachts nicht schlafen kann. War es eine richtige oder eine törichte Entscheidung? In der Dunkelheit, die in solchen Augenblicken mit einem Mal durchsichtig wird, ziehen dann Menschen an mir vorbei, die ebenso dachten und handelten wie ich und denen niemand mehr Fragen stellen kann, weil sie neben Zeit und Energie auch ihr Leben eingesetzt haben. Noch schlimmer wird es, und mein Herz beginnt zu flattern, wenn die Erinnerung und der Gedanke an Ungerechtigkeit von mir Besitz ergreift. Ungerechtigkeit im Großen und Kleinen. (Gibt es überhaupt Ungerechtigkeit im Kleinen?) Wer darf sich je anmaßen, einem Menschen sein einziges Leben zu nehmen, weil er anders denkt als vorgeschrieben, oder weil er eine anders getönte Hautfarbe hat, seinen Gott mit einem anderen Namen anruft?

Oft stelle ich mir in der Stille meiner anheimelnden Umgebung diese müßigen Fragen. Müßig, weil meine Zweifel und meine Unruhe allein mich aufrütteln, jedoch nichts an den Tatsachen ändern können. Vorbei ist vorbei, ermahne ich mich, laß die Vergangenheit vergangen sein. Wenn aber aus ihr plötzlich ein Licht aufblitzt, wenn mir jäh ganz warm ums Herz wird und die Erinnerung an bleibend Schönes, etwa an menschliche Solidarität, wach wird?

Vor Jahren wohnte ich in Bern einer Vorstellung des Films »Doktor Schiwago« nach Boris Pasternaks berühmtem Roman bei. Zur Aufführung kam zufällig eine italienische Version, und die Zuschauer in dem voll besetzten Kino waren fast durchweg italienische Gastarbeiter. Sie verfolgten die Handlung mit lebhaftem Interesse, kommentierten laut das Verhalten der Akteure, pfiffen anerkennend bei Liebesszenen, raschelten bei langweiligeren Passagen mit Bonbontüten und Kaugummiverpackungen, umarmten in der Dunkelheit ihre Mädchen. Auf der Leinwand erschien eine Massenszene russischer Arbeiter. Sie stimmten die Internationale an. Eine Sekunde, nicht länger als eine Sekunde, hielt das ganze Kino den Atem an. Dann prasselte es von allen Seiten: »L'Internazionale!«, alle riefen sie »L'Internazionale!« und stampften mit den Füßen, klatschten in die Hände, sangen mit, fühlten sich in dem Schweizer Kinosaal mit einem Mal zu Hause wie in Mailand oder Turin, wo sie dieses Lied gesungen haben.

Ihr Lied. Mein Lied. Ich habe es in meinen jungen Jahren in Prag gesungen und in Paris, auch im Frauenlager Rieucros am ersten Mai der Kriegsjahre 1940 und 1941. Später habe ich es einmal am Ende des Krieges auf dem Zócalo gesungen, dem riesengroßen Platz in der Hauptstadt von Mexiko, unter Tausenden Indios, die dabei feierlich ihre maisgelben Sombreros vom Kopf nahmen, zu Ehren ihrer oft grausig umgebrachten toten Brüder. Wacht auf, Verdammte dieser Erde ... Auch im Belgrad der allerersten Nachkriegszeit habe ich die Internationale gesungen und gleich mir wiederum Tausende Menschen, in deren Gesichtern noch die Entbehrungen der Partisanenzeit zu lesen waren, unter Jungen und Mädchen, von denen viele nur noch ein gesundes Bein hatten und als zweites ein primitives Holzbein.

Mein Gott, wie oft und wohin überall hat mich dieses Lied begleitet! Da war auch ein kalter Novembermorgen des Jahres 1952. Seit der Weckstunde um sechs Uhr war ich an jenem Tag unruhiger als sonst, rannte gleich einem gefangenen Tier in der Zelle die fünfeinhalb Schritte aus einer Ecke in die andere. Von draußen drangen die üblichen Geräusche zu mir herein. Stiefel knarrten, Schritte schlurften, Schlüssel klirrten, Gittertüren fielen zu, Eßgeschirr klapperte, die Wasserspülung rauschte, jemand hustete, jemand fluchte, jemand wurde angeschrien. Immer dasselbe, jeden Tag.

Aber irgendwann in den Nachmittagsstunden jenes Tages erklang plötzlich aus der Ferne, aber doch verhältnismäßig nahe, überraschend Musik. Eine Blaskapelle. Hier? Mit einem Schlag wurde es totenstill in dem ganzen Gebäude. Es war der siebente November, und das Wachpersonal, die Aufseher und die Untersuchungsbeamten, beendeten offenbar ihre Feier der Oktoberrevolution mit der Internationale. Ihre einstigen Genossen, die gefangenen Kommunisten in den Zellen, hielten den Atem an. In diesem Augenblick war der wahnsinnige »tragische Irrtum« ebenso absurd wie tragisch.

Junge Menschen haben immer das begreifliche und stürmische Bedürfnis, die Welt zu verändern, Neues zu schaffen, nie Dagewesenes, Besseres. So erging es jedenfalls mir, als ich dieses Lied mitzusingen begann, nicht in den Straßen und auf den Plätzen von Mailand oder Turin, sondern in den vertrauten Straßen von Prag. Für die Menschen von heute, denen man es in manchen Ländern bis zum Überdruß schon in der Schule einpaukte, ist es bestenfalls ein sentimentales, vielleicht sogar ein lächerliches Überbleibsel. Aber für die Älteren und Alten ist die Internationale ein nahezu geheiligtes Lied. Auch in der Kirche wird schließlich gesungen.

Als ich nach der Kinovorstellung in Bern auf einer Brücke über dem Aarefluß stand und in das flaschengrüne, rasch dahinfließende, leicht schäumende Wasser hinunterblickte, dessen eisige Kühle selbst hier oben wohltuend mein glühendes Gesicht erfrischte, war mir die Antwort auf eine der vielen Fragen, die in den letzten Jahren so oft auf mich zukommen, eigentlich erfaßbar.

Was bleibt nach all den Enttäuschungen und bitteren Erfahrungen? Was sollte man tun, nachdem man sie erkannt hat? Man muß, so glaube ich, oder konkret gesagt, ich muß sie gründlich und vorbehaltlos abwägen, mußte ich doch auch mit dem »tragischen Irrtum« fertig werden, in dessen Netze ich geraten war. Allmählich, und nicht ohne Schwierigkeiten, lernte ich dabei zu unterscheiden zwischen dem, was ich sehen wollte, und dem, was ich tatsächlich sah, zwischen Erreichbarem und Unerreichbarem, zwischen Traum und Wirklichkeit, Lüge und Wahrheit. Herübergerettet in die harte Wirklichkeit habe ich den Willen, nicht klein beizugeben, mich nicht von leerem Geschwätz verwirren zu lassen und trotz allem auch das Träumen nicht aufzugeben. So vertraue ich auch der Hoffnung, daß vielleicht Menschen in die Geschichte unserer Welt einzugreifen beginnen, die nüchterne Denker und dabei auch großzügige Träumer sein können.

Vielleicht lasse ich gerade deshalb bis heute keine Hoffnung fahren, mobilisiere in mir alle vorhandenen Kräfte, sowie ich merke, daß sie mich im Stich lassen wollen, sei es in einer Stunde müder Niedergeschlagenheit, sei es, wenn sich meine Krankheit von neuem meiner bemächtigen will.

Seit Jahren, wenn ich es richtig bedenke eigentlich fast mein ganzes erwachsenes Leben lang, mußte ich lernen, mit dieser Krankheit zurechtzukommen. Man kann sie nicht vergessen, ist sie doch, was immer man tut und wo immer man ist, stets mit dabei. Man muß sich schon ein bißchen danach einrichten, es wäre töricht, wollte man sich das selbst nicht zugeben. Aber so wie es wahr ist, daß einen auch eine unbedeutende Schnittwunde am Finger mehr schmerzt, wenn man dauernd an sie denkt und auch solche Bewegungen und Griffe vermeidet, die man getrost und ohne Schaden zu nehmen vollführen könnte, so ist es auch wahr, daß man in einem weitaus ernsteren Fall, nur in sich verkrochen und nur mit seinem Mißgeschick beschäftigt, einen großen Teil seiner Kraft erschöpft, die man dringend für die Abwehr der Krankheit benötigt.

Während des Krieges erkrankte ich in Casablanca nach einem schlimmen Fliegenstich an einer schweren Gelbsucht. In ein Krankenhaus konnte ich nicht gehen, weil ich keine Aufenthaltserlaubnis für Marokko hatte und auch keine gültigen Papiere, kein Geld besaß und eigentlich amtlich gar nicht da war. So blieb ich – auf gut Glück der Menschlichkeit der italienischen Besitzer des winzigen Hotels überlassen – in dem Verschlag liegen, den sie mir eingeräumt hatten. Das ging so wochenlang, ohne eine Möglichkeit, aus Afrika fortzukommen, ohne jede Gewißheit – nein, an einer

Gewißheit hielt ich auch im Fieber und dann im Dämmerzustand der zögernden Genesung fest: Überleben, jetzt durfte noch nicht das Ende kommen, dazu war ich zu jung. Ich wollte und war fest entschlossen zu überleben.

Laßt, die ihr eingeht, jede Hoffnung fahren, steht in Dantes Göttlicher Komödie über dem Eingang zur Hölle angeschrieben. Für die Hölle mag das gelten, für die Welt, in der wir leben, wäre es verhängnisvoll. Hier kommt es, so glaube ich, gerade auf das Gegenteil an.

In Marokko war mir aufgefallen, daß die meisten kleinen Araberjungen gleich den erwachsenen Männern kahl geschorene Köpfchen hatten, nur an einer einzigen Stelle zierte sie, im Unterschied zu ihren Vätern und älteren Brüdern, ein dünnes, stramm geflochtenes kurzes Zöpfchen. Warum das so sei, fragte ich einmal einen meiner neuen arabischen Bekannten. Er, Absolvent einer französischen Universität, lächelte, antwortete dann aber durchaus ernst:

»Damit Allah die Möglichkeit hat, einen solchen Jungen an seinem Zöpfchen zu sich emporzuziehen, falls ihm etwas zustoßen sollte. Die Menschen glauben daran.«

Ein schöner Glaube. Ich habe mich oft an ihn erinnert, wünschte mir mitunter auch solch ein Zöpfchen, an dem ich mich allerdings selbst packen und aus unerfreulicher Lebenslage herausziehen könnte.

Als kurz nach Kriegsende in Belgrad mein Kind auf die Welt kommen sollte, herrschte dort katastrophaler Mangel an allem, was dazu notwendig war: Krankenhausbetten, medizinisches Personal, Bettwäsche, Milch. Erst im letzten Augenblick wurde ich in einer Klinik aufgenommen, ohne Voruntersuchung, man glaubte mir auch nicht, daß es schon so weit war. Aufgenommen und registriert, blieb ich in dem Krankenhaus völlig mir selbst überlassen. Als schließlich eine ältere, mit einem Besen hantierende Frau zum diensthabenden Arzt rannte und rief: »Im Korridor kommt eine gleich nieder!«, holte mich der in den Kreißsaal, der überraschend stark gelüftet war. An einer Wand gähnte nämlich noch ein ziemlich großes Loch nach einem Granateinschlag, durch das – es war Mitte März – sacht silbrige Schneeflocken in den Raum tanzten.

Alles ging dann ziemlich schnell. Als man mir meine kleine Tochter zeigte, verschnürt und verbündelt wie eine winzige Mumie, war ich bereit, das eiskalte Zimmer zum schönsten Gemach der Welt zu erklären.

Durch einen Vorhang getrennt, lag noch eine Frau neben mir in dem Saal, die vor mir entbunden worden war. Sie stöhnte und rief ununterbrochen, manchmal recht laut, dann wieder etwas leiser: »Kuku lele, Kuku lele!«

Nach geraumer Zeit zeigte sich eine Schwester in der Tür. Ich bat sie, den Mann der Frau zu holen.

»Warum den Mann?« fragte sie erstaunt.

»Die Frau ruft ihn doch ständig«, sagte ich, meine noch kümmerlichen Serbischkenntnisse strapazierend, »wahrscheinlich braucht sie ihn.«

Da brach die Schwester in helles Gelächter aus und lief, keineswegs den Gatten der Frau, sondern den Arzt zu holen, mit dem ich mich dank seinem gebrochenen Englisch und meinem gebrochenen Serbisch ganz gut verständigen konnte. Er belehrte mich, »Kuku lele« sei kein Name, sondern ein Jammerruf.

»Fühlt sie sich so schlecht?« fragte ich beunruhigt.

»Ach wo«, sagte er, »die Frau ist ganz in Ordnung. Sie liegt hier, so wie Sie, nur noch deshalb, weil wir im Augenblick kein freies Bett haben. Bei einer richtigen Geburt muß nämlich in Serbien gewaltig gejammert werden. Sonst ist es nicht das Wahre.«

»Da habe ich also etwas falsch gemacht?«

»So ziemlich alles«, meinte er und lächelte mich vergnügt an, »deshalb wäre Ihre Kleine ja auch beinahe im Korridor auf die Welt gekommen.«

Wenn ich in das alte Prager Spital neben dem Fausthaus zu Kontrolluntersuchungen komme, gibt es dort bis heute in der Onkologischen Ambulanz kein Wartezimmer. Gewartet wird im Korridor vor den winzigen Ordinationsräumlichkeiten. Am Ende dieses Korridors befindet sich ein Eingang zur chirurgischen Abteilung. Mitunter wird die Tür in das Gebäude aufgerissen und eine fahrbare Tragbahre mit einer mehr oder minder vermummten Gestalt wird in die Chirurgie transportiert. Die onkologischen Patienten verfolgen diese Szene stets mit Interesse. Da ist jemand womöglich noch schlimmer dran als sie. Es ist gespannte Aufmerksamkeit, die man in den Gesichtern lesen kann, eine Art Erleichterung, die jedoch durchaus nichts mit Schadenfreude oder sonst irgendwelchen bösen Gefühlen zu tun hat. Wollte man die Spannung, die geradezu elektrische Ladung eines jeden einzelnen Wartenden in diesem Korridor messen, würden dafür auch die raffiniertesten Geräte kaum ausreichen. Manchmal sprechen die Menschen, die auf den nicht überaus bequemen schwarzen Bänken sitzen, leise miteinander. Hier wird man von Unbekannten angesprochen.

»Kommen Sie schon lange her?« – »Bekommen Sie auch Injektionen?« – »Mir wird nach den Pillen so übel.« – »Wissen Sie nicht, was mit dem Mann geschehen ist, der immer eine grüne Lederjacke anhatte?« – »Ist die Frau Doktor schon da?« – »Sind Sie auch so nervös?«

Auch wenn man es vorher nicht war, auf der schwarzen Bank in dem weiß gekachelten Korridor kann man nervös werden. Selbst wenn man dazu persönlich gerade keinen Grund hat, die Spannung erfaßt hier jeden. Im Laufe der Jahre habe ich mir dagegen eine gut funktionierende Methode angewöhnt: Ich beobachte weniger die Wartenden, als vielmehr die Menschen, die nach absolvierter Behandlung die Ordination verlassen und wiederum im Korridor auftauchen.

Die meisten beeilen sich, wollen den ganzen Krankenhausbesuch möglichst schnell hinter sich bringen. Das gilt vor allem für die jüngeren Patienten. Ältere Menschen sind ein wenig umständlicher, nesteln noch ein bißchen an ihrer Kleidung herum, erzählen den Wartenden gern, daß die Frau

Doktor sehr zufrieden war, daß sie erst in drei Monaten wiederkommen müssen, keine Pillen mehr zu schlucken brauchen. War das Ergebnis des Besuches nicht so gut, schweigen sie lieber. Aber in all den Jahren, in denen ich in dem Korridor bestimmt schon viele Stunden verbracht habe, waren die nach dem Besuch Erleichterten, Beruhigten und Hoffnungsvollen ohne Zweifel bei weitem in der Mehrzahl.

Oft ist es nicht gerade leicht, seinen Platz unter den Hoffnungsvollen zu behaupten. Das gilt nicht nur im Zusammenhang mit Krankheit und Todesnähe, das gilt für das ganze Leben, für jeden Tag, der beginnt und von uns ein neues Beginnen fordert, immer wieder, so mühsam und schwer das mitunter auch erscheinen mag. Aber ohne Hoffnung ist es noch mühsamer und schwerer.

Wenn einen am Morgen die »Stunde der schwarzen Kater« beschleicht, empfiehlt es sich, tunlichst schnell das Bett zu verlassen, das Fenster aufzureißen, dem erschlafften Körper ein paar gymnastische Übungen abzuringen, das vergrämte Gesicht einem kalten Wasserstrahl auszusetzen und sich die Ruhe für ein ordentliches Frühstück zu gönnen.

Das alles ist schließlich gar nicht so schwer, und manch einer fügt dieser nahezu schon lieb gewordenen Routine noch eine Bereicherung hinzu: Man langt nach dem Rundfunkgerät und schaltet eine Nachrichtensendung ein, will wissen, was sich in der Nacht in der Welt zugetragen hat. Und dann passiert es: Eine Unglücksnachricht jagt die andere. Naturkatastrophen, gewaltsame Umstürze und unerwartete Kriegsausbrüche, Terrorakte, Unfalltote, finanzielle Skandale, Korruptionsskandale, Betrug und Spionage, erneutes Mißtrauen, erneute Kriegsgefahr. Ein Karussell von Gewalt, Vernichtung und Tod.

Der ersehnte erste Schluck Tee bleibt einem im Hals stecken.

Man kann sich freilich leicht helfen. Es genügt, wenn man den Knopf ein wenig weiterdreht, Wettervoraussagen und Informationen über die Verkehrsverhältnisse übergeht, um schließlich bei einer Musiksendung stehenzubleiben. Ich tue das immer öfter, beruhige mich dabei, weil ich endlich gelernt habe, daß meine Aufregung die Welt in keiner Weise verändert. Da ist es schon gescheiter, daran zu denken, was man an dem soeben angebrochenen Tag tun kann. Wenn man älter wird, schreckt man nämlich oft vor den »Aufgaben«, die auf einen warten, nervös zurück. Als ich noch aktive Redakteurin war, befragte ich einmal eine Kollegin, die bereits, aber erst ganz kurz, im Ruhestand war, wie das denn so sei. Sie überlegte einen Augenblick und sagte dann:

»Weißt du, die Dinge quellen irgendwie, nehmen einen unangemessenen Raum in Anspruch. Immer bin ich einholen gegangen, habe etwas in die Reinigungsanstalt gebracht, Telefongespräche erledigt. Jetzt werden plötzlich Aufgaben daraus: Ich muß heute den Mantel reinigen lassen, Obst kaufen, mich beim Zahnarzt bestellen lassen.«

Diese Worte habe ich mir gut gemerkt und, als es dann so weit war, noch ein eigenes Rezept gegen altersbedingte (eigentlich durch beinahe jede Altersphase bedingte) Verzagtheit und Verdrossenheit erarbeitet. Wenn es schwierig wird in mir, reihe ich wie eine bunte Korallenkette Gedanken an Überlebtes und Gelebtes aneinander: Ich war doch ziemlich krank und bin jetzt schon lange ganz gehörig beisammen. Ich kenne Paris und London, habe einmal den Palmsonntag in Venedig gefeiert und in Amsterdam die Bilder Van Goghs gesehen. Ich habe Geschichten geschrieben und aus ihnen sind Bücher entstanden. Ich habe die Vulkane und Pyramiden in Mexiko mit eigenen Augen betrachtet, Kamele am Rande der Sahara und Schlangenbeschwörer in Casablanca beobachtet und die überschwenglichen Herbstfarben im amerikanischen Massachusetts bewundert. Ich habe ein Kind auf die Welt gebracht, Jahrzehnte in bester Ehe gelebt und bin reich an guten Freunden. Wenn ich bei diesem schillernden Kügelchen meiner erdachten Korallenkette angelangt bin, mache ich meistens halt. Denn da bin ich schon so fröhlich und gut gelaunt, daß ich den neuen Tag trotz aller Schreckensnachrichten willkommen heißen und in Angriff nehmen kann.

Tragischer Irrtum und richtige Diagnose. Zwei schwerwiegende Kapitel in einem menschlichen Leben. Aber nur zwei Kapitel, wenn man das Buch weiter aufgeschlagen läßt.

Laßt, die Ihr eingegangen seid in diese Welt, ja keine Hoffnung fahren. Schwierig? Davon weiß ich ein Lied zu singen. Aber es lohnt sich mit jedem gelebten Tag, wenn es gelingt.

Mandelduft, Piratentuch und grüne Ringe

Man schrieb die siebziger Jahre, als ich meine kleine Reise antrat. Das war damals noch einfach. Man bestieg in Prag einen Zug in Richtung Osten, Osten der Tschechoslowakischen Republik, und fuhr von Böhmen über Mähren in die Slowakei. Hätte jemand in jener gar nicht so fernen Zeit behauptet, man würde für eine solche Reise in nächster Zukunft einen Paß und tunlichst auch eine Zollerklärung brauchen, hätte ich das als reinen Unsinn keineswegs ernst genommen. Inzwischen ist es jedoch genauso gekommen. Aber damals begab ich mich noch auf eine Inlandsreise, obwohl mein Endziel Piešt'any war.

Als der Zug nach etlichen Stunden vor dem kleinen Piešt'anyer Bahnhof hielt, stieg ich aus und schnupperte gleich in der Luft. Von den Schwefelthermen, die diesem Städtchen schon unter der Herrschaft der österreichisch-ungarischen Monarchie zum Ruf eines recht erfolgreichen Kurortes verholfen haben, war nichts zu spüren. Gott sei Dank, denn Schwefel verbreitet ja nicht gerade liebliche Düfte. Was mich hier umwehte, war ein würziger, ein wenig ungestümer Gebirgswind aus den kleinen Karpaten. Er zauste an meinem Halstuch, blies mir Flaum von einem wohl uralten Baum vor dem kleinen gelb gestrichenen Bahnhofsgebäude ins Gesicht, schob mich richtig vorwärts. All das paßte zu meiner Ferienstimmung. Vor mir lagen ein paar von den üblichen Alltagssorgen losgelöste Urlaubstage.

Die Hauptstraße, auf der ich nun in erwartungsvoller Urlaubsstimmung ausschritt, mehr eine la strada als eine Main street, hatte es wahrscheinlich auch schon zu des Kaisers Zeiten so gegeben, wie ich sie nun wahrnahm. Als sich hinter mir mit einem Mal Pferdegetrappel vernehmen ließ, war ich beinahe ein bißchen enttäuscht, daß mich kurz darauf ein mit einigen Holzfässern beladener Wagen überholte. Auf dem Kutschbock saß ein Mann mittleren Alters in einer flotten Lederjacke und mit einem breitrandigen Filzhut auf dem Kopf. Offenbar ein Weinbauer, der persönlich sein edles Produkt in die örtlichen Gastwirtschaften transportierte. Eine Kutsche mit feinen Damen und ihren Kavalieren hätte besser hierher gepaßt. Beide Seiten der Straße säumten behäbige Bürgerhäuser mit schönen, aber leider abbröckelnden Stukkaturen. Dazwischen blickte ein kleiner Adelspalast, auch verwahrlost, auf den Betrieb unter sich. Der war nicht sehr beeindruckend. Die Läden der siebziger Jahre boten überall das mehr oder weniger gleiche Standardsortiment an. Da und dort unterbrach ein Reklameschild in grellen Farben die eintönige Straßenfront, warb für ein sich unbeholfen modern gebärdendes Nachtlokal. Plötzlich stieg mir Mandelduft in die Nase. Ich blickte mich um.

»Verkosten Sie, junge Frau!«

Am Straßenrand hockte eine in Kopf- und Schultertuch eingehüllte Frau auf einem niedrigen Schemel. Vor ihr, auf einer fröhlich mit blau und rot gestickten Mustern verzierten Decke, reihten sich Leinensäckchen mit Mandeln, Rosinen, Muskatnüssen und allerhand weiteren Köstlichkeiten.

»Greifen Sie zu«, lachte mich die Frau aufmunternd an, »verkosten Sie, und kaufen Sie nur, was Ihnen schmeckt.«

Wunderbar, freute ich mich, meine Ferien fangen gut an.

Mit einem Säckchen Rosinen, einem kandierten Apfel, aufgespießt auf einem kurzen Holzstäbchen, und mit einer Handvoll gebrannter Mandeln setzte ich meinen Weg fort.

Durch Piešt'any fließt die Waag. Nicht unbändig und reißend, eher gemächlich und still. Als ob sie den Menschen, die hier auf Krücken und an Stöcken humpelnd Genesung suchen, das Herz nicht schwermachen wollte mit ungezügelt und unbehindert stürmischer Bewegung. An der kleinen Kolonnadenbrücke, die von einem Ufer zum anderen führt, steht das ungewöhnliche Wahrzeichen dieses Ortes. Kein eherner Befreiungsheld, keine dichterische oder sonstwie geniale in Marmor gehauene Persönlichkeit. Hier steht die Figur eines nackten Mannes, der scheinbar ein wenig zögernd, aber doch entschlossen an seinem Knie eine Krücke entzweibricht. Eine Krücke, die er nun, nach einem Aufenthalt in Piešt'any, in Zukunft nicht mehr zu benötigen hofft. Eine nachdenklich stimmende, hoffnungsträchtige Statue.

Ich blieb stehen, trat an das Brückengeländer und blickte hinunter in das leise gurgelnde Wasser, dann hinüber zu den Bergen am Horizont, die man von hier aus mehr ahnen als sehen konnte. Dabei fiel mir ein, daß ich auch von den Menschen rings um mich, nicht von den Kurgästen, vielmehr von den Bewohnern und Bürgern dieser kleinen slowakischen Stadt, eigentlich nur flüchtige Umrisse kannte, und es tat mir leid, daß ich in den wenigen Tagen, die ich hier verbringen wollte, wohl kaum mehr würde über sie erfahren können.

Absurd, ging es mir durch den Kopf. Da habe ich im Wirbel der Exiljahre während der deutschen Okkupation meiner Heimat und des Kriegs die Menschen in Frankreich kennenlernen können, ein Stückchen Afrika und gründlicher das schöne und fremdartige Mexiko sehen und gleichsam zu betasten und verstehen versucht – und jetzt streife ich durch einen kleinen Ort in der benachbarten Slowakei und merke beinahe beschämt, daß ich hier fremd bin, obwohl unsere Sprachen, das Tschechische und Slowakische, so ähnlich sind, daß wir einander mühelos verstehen.

Nun gut, sagte ich mir, mag sein, daß es mir diesmal gelingt, ein bißchen klüger und erfahrener von Piešt'any fortzufahren, als ich hergekommen bin.

Gleich nach dem Frühstück verließ ich am nächsten Tag den auf wohltuende Harmonie bedachten Kurort. Mit jedem Schritt wurde die Straße unter meinen Füßen schlammiger, die niedrigen Häuser an beiden Seiten spärlicher. Bald stapfte ich, schon am Rande des Ortes, auf einem Feldweg dem nächstgelegenen Wäldchen entgegen. Da begegnete ich unverhofft einem Menschen.

Eine Frau stand gebückt in dem kleinen Garten, der ihr von einem Nußbaum fast völlig verdecktes Häuschen umgab, und hackte Holz. Der Weg von der Straße bergauf war ziemlich steil, ich blieb stehen, um ein wenig zu verschnaufen, und grüßte vom Zaun her: »Guten Tag.«

Sie richtete sich auf. Unter einem bunten Kopftuch wandte sich mir ein merkwürdig blankes Gesicht zu.

»Wo wollen Sie hin?« fragte sie statt einer Antwort auf meinen Gruß.

»Dort hinauf«, erwiderte ich und zeigte auf den weinrot und rostbraun glühenden Berghang am Fuße eines dunkel zum Gipfel strebenden Hochwalds.

»Sehen Sie den dort?« fuhr die Frau zusammenhanglos in unserem kaum begonnenen Gespräch fort, legte zwei sauber gespaltene Holzscheite auf einen kleinen Haufen neben sich und schritt langsam durch das trocken knisternde Gras zum Zaun.

Ich blickte in die Richtung ihrer ausgestreckten Hand. Am Ende des Dorfweges fuhr ein junger Mann mit einem Karren auf einem kleinen Bauplatz hin und her. Ein junger Mann in schwarzer Hose und schwarzem Pullover, mit einem semmelblonden Haarschopf.

»Ja, den sehe ich«, sagte ich und wollte noch etwas hinzufügen, aber da flog ein Hubschrauber in geringer Höhe und mit ziemlichem Getöse über unsere Köpfe hinweg. Wir blickten ihm beide wortlos nach.

»Gehen Sie nicht in den Wald«, sagte die Frau, als es wieder still war. »Guten Tag.«

Der Zaun, der uns trennte, bestand aus niedrigem, stachligem Gestrüpp. Die Frau hatte einen dicken Rock und eine Wolljacke in nicht genau bestimmbarer Farbe an und darüber eine verwaschene, aber recht saubere Schürze. Auch ihr Kopftuch war verwaschen, man konnte jedoch noch gut rote und gelbe Blumen an seinem Rand erkennen. Ihr Gesicht war farblos, aber unter der auffallend hohen Stirn betrachtete mich interessiert ein dunkles, überaus lebhaftes Augenpaar.

»Gehen Sie nicht in den Wald«, wiederholte sie und hockte sich vor mir nieder. Ihre Füße steckten in hohen schwarzen Gummistiefeln. »Mir ist dort etwas passiert. – Sie sind sehr hübsch angezogen.«

Nun war es an mir, sie näher zu betrachten. Meine sandfarbene Hose, die olivgrüne gesteppte Jacke und das gelbe Kopftuch waren gewiß angenehm aufeinander abgestimmt, aber es war durchaus nichts Auffallendes an ihnen. Die anerkennende Bemerkung der Frau überraschte mich. Sie war wohl noch keine sechzig Jahre alt, ihre Hände in fingerlosen grauen Handschuhen verrieten vertrauten Umgang mit schwerer Arbeit. Ihre Augen waren flink wie Feldmäuse.

»Leben Sie ganz allein hier?« fragte ich, auf ihre sprunghafte Redeweise eingehend.

»Ja. Wenn Sie nicht erschrecken, zeige ich Ihnen etwas.«

Um den Stamm des Nußbaums war lose ein langes Seil geschlungen, an dessen Ende eine Ziege vergnügt an einem Buschwerk knabberte. Vor der Schwelle des kleinen Hauses sonnte sich eine schwarz-weiß gefleckte Katze. Es war sehr friedlich hier.

»Sie haben eine hübsche Katze. – Ich erschrecke nicht so leicht.«

Die Frau nahm ihr Tuch mit den verwaschenen roten und gelben Blumen ab, strich ein paar angegraute Haarsträhnen beiseite und senkte den Kopf. Ich erblickte eine kurze, leicht gekrümmte, dunkelrote Narbe.

»Das hat mir der Bruder von dem dort gemacht. Der ist noch keine dreizehn Jahre alt. Mit der Holzhacke. Dort oben im Wald.«

»Warum?«

»Aus Wut und Neid«, sagte sie, hob den Kopf, brachte ihr Haar in Ordnung und zog das Tuch wieder fest. »Piridonka, die Katze, kann Pfötchen geben.«

»Mir auch?«

»Selbstverständlich.« Sie richtete sich auf und band langsam die Schürze ab. »Sie sind nicht von hier, ich meine, aus der Slowakei, wie? Sind Sie aus Prag?«

»Ja. Kann ich das Stück Glas wegtun, das dort neben der Ziege im Gras liegt? Sie könnte sich daran verletzen.«

»Danke, meine Liebe«, sagte die Frau, nahm mir die Scherbe aus der Hand und warf sie in wohlgezieltem Schwung in einen kleinen Schuppen. »Darf ich Sie bitten, mein Haus zu beehren?«

»Gern.«

Ich schlüpfte durch den Zaun. Sie ging vor mir auf das hellblau gestrichene Häuschen zu und öffnete die sichtlich ganz neue, buttergelb gebeizte Tür. Wir betraten eine Glasveranda. Gleich hinter dem Eingang stand ein etwas wackliger Armstuhl mit einem rot-weißen Kattunüberzug, auf dem Fußboden lagen überall ungewöhnlich große, orangefarbene Kürbisse, unter der halbhohen Glaswand gab es einen langen Holztisch, der über und über mit kleinen, zitronengelben Tomaten bedeckt war.

Die Frau blieb stehen, wandte sich mir zu und verneigte sich tief. Als sie sich wieder aufrichtete, nannte sie ihren Namen. Ich tat dasselbe. Wir reichten einander die Hand. Sie lächelte zum ersten Mal und sagte:

»Sie sind ein guter Mensch, so was erkenne ich gleich. Und nun danke ich Ihnen für die Ehre Ihres Besuches. Bitte nehmen Sie Platz.«

Sie wies auf den Armstuhl und ließ sich selbst auf einem der großen Kürbisse nieder. Ich begriff, daß ich gegen diese Sitzordnung nichts einwenden durfte.

»Greifen Sie zu«, sagte sie noch.

Ich biß in eine der zitronengelben Tomaten. Sie schmeckte säuerlich und erfrischend.

Wir saßen einander gegenüber, aßen ab und zu eine Tomate,und die Frau erzählte und blickte mich dabei unverwandt und prüfend an, als wollte sie den Eindruck jedes ihrer Worte abwägen, kaum daß sie es ausgesprochen hatte.

Seit zwanzig Jahren lebte sie mutterseelenallein in diesem Häuschen. Vor ungefähr einem Monat hatte der Staat ihre bis dahin weniger als bescheidene Altersrente etwas erhöht. Von sich aus, sie hatte nichts dazu unternommen. Einige

Tage später war sie in den Wald am Berghang Holz sammeln gegangen. Plötzlich stand der Junge vor ihr, ganz dicht vor ihr, und hielt eine Axt in den Händen.

»›Was willst du‹, habe ich ihn gefragt, weil ich gesehen habe, daß er etwas will, etwas Ungutes, Schreckliches. Seine Augen waren ganz wild.

›Dir haben sie etwas zugegeben und meinem Vater nichts‹, hat er geantwortet und die Axt in die Höhe gehoben.

Ich habe mich nicht gerührt, konnte ja gar nicht, unter der Schärfe des Stahls über meinem Kopf.

›Das haben der Herrgott und die Menschen gemeinsam so eingerichtet‹, habe ich gesagt.

Er stand da, mit der Axt über meinem Kopf, ich saß auf dem Boden vor ihm, mit leeren Händen, und hatte nur meine Augen, um ihn in Schach zu halten. Wenn Ihnen jemand etwas Böses will, müssen Sie ihn mit den Augen festhalten, meine Gute, merken Sie sich das. Augen sind eine so schwere Waffe, daß sie niemand von sich abschütteln kann.

Der Junge kam immer näher, es gab schon keine Luft zum Atmen zwischen uns. Dann hat er die Axt noch höher gehoben, aber weil er meine Augen auf sich hatte, haben ihm die Hände gezittert, und deshalb war es kein so furchtbarer Hieb, und ich habe ihn überlebt.«

Mit der blutenden Wunde am Kopf hat sich die Frau bis zu ihrem Häuschen geschleppt, dort hat sie sich auf das Fahrrad gesetzt und ist ins Dorf hinuntergefahren. Wie sie das fertigbrachte, weiß sie selbst nicht mehr. Die Kinder sind schreiend vor ihr davongerannt, hatten Angst vor der Frau, die da blutüberströmt auf dem Fahrrad über die Straße torkelte. Aus den Häusern kamen die Leute gelaufen, aber bloß die alten, die jüngeren waren auf den Feldern oder in der Stadt bei der Arbeit. So konnte man nur ein Bürschchen mit einem Motorrad auftreiben. Sie setzten die Frau hinter ihn.

»Können Sie sich festhalten?« fragte der Jüngling.

»Mach dir keine Sorgen«, sagte sie.

Aber nach ein paar Kilometern ging es doch nicht mehr. Der junge Mann hielt an, legte die Frau in den Straßengraben, raste ins Krankenhaus, kam mit einer Ambulanz zurück. Im Spital schlugen die Ärzte bei ihrem Anblick die Hände über dem Kopf zusammen. Dann nähten sie schleunigst die Wunde auf ihrem Kopf zu.

»Was ist mit dem Jungen geschehen?« fragte ich, als sie eine Pause machte, und nahm eine weitere Tomate, die sie mir hinhielt.

»Nichts«, antwortete sie, »ich habe ihn nicht angezeigt, er ist doch noch ein Kind.«

Ich schwieg, weil ich überlegte, was wohl aus einem dreizehnjährigen Jungen wird, der eine Frau erschlagen wollte, weil ihre Altersrente ein bißchen erhöht wurde und die seines Vaters nicht.

»Der wird gut oder schlecht«, sagte sie, als ob ich laut gedacht hätte. »So hätte er nur schlecht werden können. – Ich muß Piridonka ein Schmalzbrot streichen, damit Sie sehen, wie schön sie bitten kann.«

»Und die Winterabende?« fragte ich und blickte mich in dem kleinen Haus um. Vom Garten her hatte ich auf seinem Dach eine Fernsehantenne gesehen. Durch die offene Tür der Stube erblickte ich nun einen viereckigen, unter einer mit bunten Blumen bestickten Decke sorgfältig verstauten Gegenstand.

»Glauben Sie, man kann großen Schmerz überleben?« Die Frau wandte mir ihr blankes Gesicht zu. »Schmerz in der Seele, der am Kopf war nur halb so schlimm. Dennoch: vorher hatte ich dunkles Haar, und jetzt ist es mit einem Mal grau. Vorher hatte ich ein glattes Gesicht und jetzt ist es voll von Runzeln. Alles von dem einen Hieb. Vor kurzem ist meine Nichte gestorben, und sonst habe ich niemanden. Ich bin über siebzig Jahre alt, und wenn ich in die Stadt fuhr, meinten die Männer im Zug, ich wäre höchstens fünfzig. Sie gaben mir einen Schluck aus ihrer Flasche, lachten mich so richtig an. Jetzt nicht mehr.«

Sie hielt inne, sah traurig, aber nicht müde aus.

»Das Fernsehen weiß zu wenig vom Leben«, fügte sie dann noch hinzu, »da lese ich lieber Bücher.«

»Haben Sie keine Angst, so ganz allein im Haus an diesem einsamen Weg?«

»Piridonka«, rief sie, »komm und bitte, aber artig, und du kriegst ein Stückchen Schmalzbrot, komm, meine Schöne.«

Die Katze strich ihr schnurrend um die Füße, plötzlich hockte sie sich auf die Hinterpfoten und bettelte wie ein Hund.

»Angst ist kein Freund, die berät einen schlecht. – Nun gib auch noch Pfötchen, Piridonka, komm, sei eine brave Katze.«

Piridonka war eine brave Katze, und in der Stube stand ein Büchergestell gleich neben dem Bett mit dem Federgebirge in rot bestickten Überzügen. Kein großes Gestell, aber voll von Büchern.

»In der Stadt gibt es eine Leihbibliothek?«

»Vielleicht«, sagte die Frau, »ich kenne nur den Buchladen.«

»Warum heißt die Katze Piridonka, das ist kein slowakischer Name. – Ich muß langsam wieder gehen.«

Wir kehrten in den Garten zurück.

»Rohanka«, rief die Frau der Ziege zu, »Rohanka, verneige dich vor unserem Gast, aber ordentlich, hübsch bis zum Boden.«

Die Ziege kam ihrem Wunsch nach.

»Piridonka ist kein slowakischer Name, da haben Sie recht. Rohanka, jetzt reich du mir auch noch das Pfötchen, komm, zeig, was wir können.«

Die Ziege konnte auch das.

»Wie haben Sie das fertiggebracht?« staunte ich. »Ist Rohanka eine fröhliche Ziege?«

»Piridonka ist kein slowakischer Name«, wiederholte die Frau mit einem kaum merklichen Lächeln in den dunklen Augen, »und vor dreißig Jahren war ich jünger. Hatte dunkles Haar und ein glattes Gesicht und Füße zum Tanzen. – Was gibt es Neues?«

Sie lief zum Zaun.

Auf dem Weg näherte sich ein Mann, der ein Fahrrad bergauf schob, auf dem ein Korb festgeschnürt war.

Der Mann blieb stehen, nahm bedächtig die Pfeife aus dem Mund und blickte mich an.

»Na, was gibt es Neues?« rief die Frau nochmals. »Ich habe Besuch.«

»Ihr habt Besuch, das sehe ich, und nachts wird es finster sein. Das habe ich im Rundfunk gehört, das wissen die angeblich aus verläßlicher Quelle.«

Der Mann schwenkte seine Pfeife, wohl zum Gruß, lächelte aber kaum und ging langsam weiter.

Ich reichte der Frau die Hand: »Auf Wiedersehen.«

Sie schob mir flink ein paar gelbe Tomaten in die Tasche, machte aber keinen Versuch, mich noch zurückzuhalten.

»Dort«, sagte sie und wies talwärts, »dort führt der kürzeste Weg in die Stadt. Das war ein schöner Tag. Rohanka verneigt sich übrigens sonst nur vor mir.«

Welch ein wundersames Stückchen Welt, sinnierte ich am Abend, als ich in meinem nicht überaus gemütlichen Hotelzimmer die zitronengelben Tomaten verzehrte, und war froh, hier zu sein. Morgen, nahm ich mir vor, morgen werde ich in die entgegengesetzte Richtung wandern. Dort, bei der stillen, weit ausholenden Wasserfläche, war ich schon kurz vorbeigekommen und hatte mir versprochen, hier ein wenig gründlicher Umschau zu halten. Vielleicht in einem ruhigen Winkel ein bißchen in der schon etwas müden, aber noch freundlich wärmenden Herbstsonne zu sitzen.

Als ich auf dem Promenadenweg entlang der Uferböschung an der großen Glasveranda des Interhotels Magnolia, damals dem feinsten im Ort, vorbeikam, saßen drinnen viele Männer an einem hufeisenförmigen Tisch. An der Schmalwand, von wo aus man gut auf das Wasser sehen konnte, stand ein rotgesichtiger Mann, eine Hand hatte er auf den Tisch gestützt, mit der anderen, die mit einem Patentstift ausgerüstet war, fuchtelte er in der Luft herum. Die sitzenden Männer dösten vor sich hin, spielten mit den zahlreichen Mineralwasserflaschen, die vor und zwischen ihnen auf dem Tisch standen, kritzelten auf ihren Notizblocks. Ihre Stühle waren so aufgestellt, daß alle mit dem

Rücken zu den Glaswänden der Veranda saßen. Nur der Redner hatte die Möglichkeit hinauszuschauen.

Keine Frage, ein Schulungskursus. Die pflegten in der toten Saison die Hotels in den Kurorten über Wasser zu halten. Ich aber lief draußen an dem Wasser entlang, und die angeödeten Männer in dem verrauchten Glaskasten taten mir leid.

Die Luft war kalt, der Wind scharf, die Sonne gleißend, jedoch nicht mehr sonderlich wärmend. Ich schob die Hände in die breiten Ärmel meiner gesteppten Jacke und lief noch ein wenig schneller. Aber nicht weil ich fror. Weil ich mich freute.

Am Ende des schnurgeraden Weges erschloß sich jäh, riesengroß und hell schimmernd, der Stausee. Nur ein kurzes Stück war er von sanften Hügeln umsäumt, an deren Südhängen Weinberge angepflanzt waren, ansonsten lag er frei zwischen Maisfeldern und Wiesen. Winzige Wellen tanzten an jenem Morgen in heiterem Gekräusel bald hierhin, bald dorthin. Ein Zug Gänse kreuzte mit lautem Geschnatter, aber nicht gerade waghalsig, das seichte Gewässer gleich unter der Böschung. Herrlich glänzende Enten zogen selbstbewußt hinaus in das Sonnengeflimmer. In geschlossenen Formationen segelten kleine schwarze Taucher an ihnen vorbei in noch größere Fernen. Ihre Köpfchen bewegten sich rhythmisch bald unter, bald über dem Wasser, unter und über, noch und noch. Windstöße brachten das Krächzen von Möwen zu mir herüber, die weit draußen im Gleitflug fischten. Die kalte Luft trug schon das Versprechen baldiger Wärme in sich. Die Sonne mußte bloß noch ein wenig höher steigen. Dann kommt auch die große Ruhe über das Wasser. Nichts als Stille, Fischplätschern, ab und zu ein Vogelschrei.

Ich konnte es kaum erwarten, die störenden Geräusche der Baustellen und der nahen Landstraße hinter mir zu lassen. Aber vorher wollte ich noch nach der traurigen Frau sehen.

Das moderne weiße Gebäude am Ende einer kurzen, weit vorgelagerten Landzunge gehörte einem Segelklub und diente nun im Herbst vorübergehend als Heim für erholungsbedürftige Knaben. Durch die breiten Fenster konnte man den Speisesaal sehen mit hübschen, rot-weiß karierten Tischtüchern und geflochtenen Korbstühlen, in denen man es sich an windigen Tagen wie heute auf der verglasten Terrasse bequem machen konnte. Dort hatte die Frau, wie schon am Tage zuvor, bereits ihre ruhelose Wanderung aufgenommen.

Sie hatte einen dunklen Mantel an, ein violettes Kopftuch auf dem fast weißen Haar, beide Hände in den Taschen vergraben, als ob sie hinter der schützenden Glaswand werweißwie fröre. Langsam maß sie den länglichen Raum von einem Ende zum anderen, immer und immer wieder. Etwas unsäglich Trauriges lag in ihrem rastlosen Auf- und Abgehen. Sie hob den Kopf nicht, sah nichts von der friedlichen Schönheit ringsum, lauschte weder den Stimmen der Vögel noch dem ungestümen Brausen des Windes, ging bloß langsam von einem Ende der Terrasse zum anderen und dann wieder zurück, gleichmäßig, offenbar an jedem Tag, stets zur gleichen Stunde.

Ich blieb stehen, blickte zu ihr hinüber, hätte sie gern gegrüßt. Aber sie hatte den Blick auf den Boden geheftet, die Schultern leicht nach vorne gebeugt, als ob sie alle Kraft dazu benötigen würde, einen Kummer, einen nagenden Schmerz zu bewältigen, ihn zu zergehen auf der Terrasse mit den rot-weiß karierten Tischtüchern, den einladenden Korbstühlen und dem fröhlichen Herbstmorgen hinter den Fenstern. Was mochte sie wohl mit sich schleppen, was nagelte ihren Blick unabwendbar am Boden fest? Ich wurde unruhig, als ob etwas von der unbekannten Trauer dieser unbekannten Frau auch mich erfassen könnte.

Oder bildete ich mir das alles nur ein? Sah von weitem einen Menschen, von dem ich nichts wußte, der vielleicht nur aus gesundheitlichen Gründen täglich hinter dem Windschutz der Glasscheiben einen kleinen Spaziergang absolvierte … Ach, was sollten diese Ausflüchte! Die Frau war traurig, das hatte ich auf den ersten Blick erkannt, und ich war demgegenüber hilflos. So war es.

Ich lief weiter. In einer Großgärtnerei blühten in langen Reihen die letzten Rosen dieses Sommers, auf dem Grasstreifen zwischen mir und dem leise gurgelnden Wasser schüttelten sich ganze Büschel frierender Kamillenstauden, strahlten ab und zu herbe Duftwellen aus. Künftiger Kamillentee, Balsam für erfaßbare Schmerzen. Große Fische schnellten aus dem Wasser, schnappten nach tanzenden Fliegen, ließen sich klatschend wieder zurückfallen.

An einer Stelle, wo ein kurzer, ausgetretener Pfad von der Böschung zum Wasser führte, lag in einer kleinen Ausbuchtung ein Würfel gepreßten Maisstrohs. Wahrscheinlich hatte ihn ein Fischer von dem haushohen Schober auf dem abgeernteten Maisfeld von drüben herübergeholt, um beim Angeln bequem und warm zu sitzen. Jetzt ließ ich mich auf dem Bündel nieder, hielt mein Gesicht der Sonne hin, rückte in den Schutz der Böschung über mir und holte, der Umgebung durchaus unangemessen, ein Strickzeug hervor. Das war der Winkel, den ich hatte finden wollen, jetzt beschloß ich, erst einmal hier zu bleiben.

»Merkwürdig«, ließ sich auf einmal hinter mir eine Männerstimme vernehmen, »erst laufen Sie beinahe zehn Kilometer, und in was für einem Tempo, und dann sitzen Sie auf einem Strohbündel und stricken.«

Ich hatte den Mann schon von weitem kommen sehen. Eine hohe Gestalt in einem langen, dunklen Ledermantel und mit einem roten, nach Piratenart hinter dem Ohr geknoteten Tuch über dem Kopf. An einem breiten Riemen hing ihm eine schwere Tasche von der Schulter, um den Hals hatte er einen Feldstecher gehängt.

»Ich hatte Sie schon von weitem kommen sehen«, sagte er. »Vielen Menschen pflege ich hier nicht zu begegnen.«

»Dort drüben ist ein Reiher«, bemerkte er plötzlich und reichte mir das Fernglas.

Das gegenüberliegende Ufer, mit freiem Auge kaum wahrnehmbar, rückte heran. Ich sah einen rosa schimmernden Vogel mit hellgrauen Flügeln auf hohen dünnen Beinen.

»Schön«, sagte ich, »danke.«

»Schön, nicht wahr?« meinte auch er. »Auf Wiedersehen.«
Und ging.

Am nächsten Tag wiederholte sich alles. Der Schulungskursus in der verrauchten Veranda des Interhotels Magnolia. Die schnatternden Gänse, all die anderen Vögel auf der besonnten Wasserfläche, die traurige Frau und ihr ruheloses Auf und Ab, meine Rast auf dem Strohbündel unter der Grasböschung. Und in der Ferne der Mann mit dem roten Piratentuch.

»Guten Tag«, sagte er, als er bei mir ankam, und hockte sich in seinem Ledermantel neben mich. »Sind Sie Sportlerin?«

»Nein«, antwortete ich, »warum?«

»Weil Sie so gut gehen, ich habe Sie schon von weitem gesehen.«

Er machte eine kleine Pause, kramte in seiner Tasche und holte einen schneeweißen Kieselstein hervor, der glatt und glänzend wie ein Stück edlen Marmors in seiner rissigen Handfläche lag.

»Von drüben. Dort, wo gestern der Reiher war.«

»Wie schön«, sagte ich. »Gehen Sie jeden Tag rundherum?«

»Ja.« Er schloß den Stein in seiner Faust ein. »Sieben Kilometer, jeden Tag. Auch im Winter. Manchmal liegt viel Schnee. Aber das Wasser im See ist nie so sehr kalt, wegen der Thermalquellen hier. Darum kommen auch die vielen Vögel. Im Sommer kann man dort oben baden.« Er wies mit der Hand in die Richtung.

Ich blickte hinüber. Ein paar moderne Wochenendhäuschen klebten wie hingewürfelt am Hang.

»Eigentlich schade«, bemerkte ich, »Bungalows und Autos passen nicht hierher.«

»Nicht wahr, nicht wahr?« stimmte er mir lebhaft zu, und in seinen hellgrauen Augen wetterleuchtete es. »Aber kümmert sich denn jemand darum? Fragt sich jemand, wie der Baum stirbt, der wegen einer Garage gefällt wird? Und die Vögel? Glaubt vielleicht jemand, die werden auf Parkplätzen nisten und bei dem Getrudel und Beatkrawall ihre Eier brüten?«

»Ist es so schlimm?« fragte ich und atmete tief die Stille ringsum ein.

»Noch nicht«, gab er zu. »Aber ich habe Angst davor. Die Menschen sind zu laut, viel zu laut und zu rücksichtslos. Zueinander und zur Natur.«

»Vielleicht«, gab ich nun meinerseits zu, »aber doch nicht alle, oder?«

»Nein, nicht alle.« Er öffnete die Hand und sagte fast schüchtern: »Gefällt Ihnen das Steinchen? Möchten Sie es haben?«

»Gern. Danke schön.«

Das Wetterleuchten war vorbei. Er erhob sich.

»Morgen gibt es starken Wind. Auf Wiedersehen.«

In der Nacht gab es einen derartigen Sturm, daß die Bäume krachten und das ansonsten so sanfte Wasser gegen die steinerne Uferböschung und die Brücke im Ort raste. Am Morgen sausten weiße und schwärzliche Wolkenballons in unwahrscheinlicher Geschwindigkeit über den Himmel. Als ich zum Stausee kam, stemmte sich der Wind mit voller Wucht gegen mich. Ich mußte mich stark vorbeugen, um heil die Brücke zu überqueren, weil ich diesmal auf dem anderen, von den Berghängen etwas geschützten Ufer entlanglaufen wollte, um gegen den Sturm besser anzukommen. In manchen Augenblicken sprang schon die Sonne zwischen dem Wolkengebirge hervor, alles erstrahlte jäh, und die Vögel schrien vor Freude.

Ich begegnete keiner Menschenseele. Der See war auch bei solchem Wetter schön. Allmählich fegte der Wind den Himmel blank, es wurde heller und auch ein bißchen wärmer. Dicht vor mir stieg eine Lerche hoch und begann zu trillern. Dann hörte ich einen sonderbaren, kräftigen Ruf.

Ich blieb stehen, ließ meinen Blick vom Ufer über die Wasserfläche schweifen, bis hinüber zu dem weißen Haus, in dem wohl auch heute die Frau auf und ab ging, am anderen Ufer entlang bis zu der Stelle, wo sich eine hohe

Männergestalt scharf vom jetzt schon ganz klaren Hintergrund abhob. Von dort kam der langgezogene, kräftige Ruf.

Ich hob beide Arme und winkte auf Seemannsart: »Ahoi!«

Der Mann drüben antwortete auf die gleiche Weise. Dann konnte ich sehen, wie er das Fernglas an die Augen legte, nochmals winkte, etwas Unverständliches rief, das Glas wieder sinken ließ und mit weit ausholenden Schritten weiterging.

Ich tat dasselbe.

Von da ab sprachen wir jeden Tag ein paar Minuten miteinander, fast immer an derselben Stelle des langen Weges rings um den See. Es wurde mir zur Gewohnheit, schon von weitem nach dem Piratentuch Ausschau zu halten. Verspätete ich mich ein wenig und wir begegneten einander an einer anderen Stelle, sagte der Mann fast vorwurfsvoll: »Ich habe Sie schon gesucht.«

Wir wechselten jedesmal nur ein paar kurze Sätze, wußten aber doch schon allerhand voneinander. Ich von ihm, daß er Ornithologe war und die Vögel an diesem Stausee bewachte, pflegte und studierte. Er hatte zwei Töchter, die eine absolvierte ihre Lehre in der Großgärtnerei mit den verblühenden Rosenbeeten, die andere bildete sich in der Bezirksstadt zur Bibliothekarin aus. Manchmal fuhr er nach Prag, manchmal schrieb er für eine Zeitschrift einen Artikel über seine Vögel. Er las auch gern, aber noch lieber war ihm Musik. »Die trage ich dann sogar hier am See in mir mit. Können Sie das verstehen?«

Und ob.

»Also Sie sind aus Prag«, sagte er einmal nachdenklich. »Wenn ich Sie auf dem Strohbündel da sitzen sehe, vergesse ich beinahe manchen Zorn auf diese große und lärmende und dabei so schöne Stadt. Man weiß eben zu wenig voneinander. Vom Mond werden wir bald mehr wissen als von den Menschen neben uns.«

Ein andermal sagte er: »Ich kümmere mich überhaupt nicht um Politik. Aber Sozialismus hieße für mich, daß die

Menschen glücklich werden und auch die Fische und die Vögel glücklich leben lassen. Sie verstehen vielleicht, wie ich das meine.«

Einmal flog mit mächtigem Getöse ein Flugzeug ganz niedrig über unseren Köpfen dahin. Er hielt sich die Ohren zu, blickte dem dröhnenden Koloß nach und bemerkte:

»Wer so wie ich mit der Natur lebt, der weiß, daß Gewalt unsinnig ist. Verstehen und dann mit der Sicherheit des Wissens lenken, aber behutsam lenken, das ist das Geheimnis.«

Mit der Zeit lernte ich aus den wenigen Sätzen einen guten Menschen kennen und verstehen.

Dann kam der letzte Tag vor meiner Abreise. Der Schulungskursus war längst zu Ende. Wenn ich nun am Interhotel Magnolia vorbeikam, saß niemand in der Glasveranda. Es wurde immer kälter, und die wenigen ausländischen Kurgäste nahmen ihr Frühstück in der allseitig abgedichteten Hotelhalle ein. Mitunter spiegelte das Wasser einen bedrohlich düsteren Himmel wider, als ob schon Schnee im Anzug wäre. Aber kaum lichtete er sich ein wenig, schwärmten von neuem die Gänse und Enten, vor allem aber die immer größer werdende Menge der flinken schwarzen Taucher und unentwegt krächzenden Möwen aus.

Im weißen Haus am Ende der schmalen Landzunge sah ich weiterhin täglich die silberhaarige traurige Frau. Nur am Wochenende war sie nicht auf der Terrasse. Zwei Tage lang wimmelte das Haus von jungen Menschen, die ihre Boote für den Winter verstauten und dabei von früh bis spät aus Transistorgeräten Rockmusik erschallen ließen. Wo mochte sich die Frau wohl mit ihrer stummen Unruhe vor diesem fröhlich geschäftigen Trubel verbergen?

In der Großgärtnerei waren inzwischen auch die letzten Rosen verblüht, und an meinem Strohbündel zauste unerbittlich ein immer unbarmherziger schneidender Wind.

Heute also zum letzten Mal. Schon von weitem hielt ich nach dem langen Ledermantel und dem roten Piratentuch Ausschau. Aber niemand kam mir zwischen den spärlichen Weiden auf der Böschung entgegen. Ich blickte auf die Uhr an meinem Handgelenk. Die Zeit stimmte. Natürlich hatte ich nichts davon gesagt, daß ich schon abreisen würde, warum auch. Nun wurde ich unruhig bei dem Gedanken, daß wir einander gerade an diesem letzten Tag nicht mehr begegnen würden. Die kleine Ausbuchtung mit meinem bereits arg ramponierten Strohsitz hatte ich hinter mir gelassen und lief jetzt unmittelbar am Wasser entlang. Ich passierte auch die etwas windschiefe, strohgedeckte Hütte, die angeblich einem Maler gehörte, wo ich jedoch kein einziges Mal ein Lebewesen gesehen hatte. Gleich hinter ihr ragte eine kurze Landzunge ein Stück ins Wasser hinein. Dort wuchsen bloß ein paar krumme Weiden und allerhand Gestrüpp. Ich schaute nur flüchtig hin, weil ich jeden Augenblick die hohe Gestalt auf dem Weg vor mir zu entdecken erwartete. Da schob jemand das Buschwerk auseinander. Zwischen den Sträuchern leuchtete das rote Piratentuch auf.

Ich blieb stehen. Der Mann schien mich nicht zu bemerken. Langsam, beinahe schleppend, mit den hohen Stiefeln schon ein wenig im Wasser, schlurfte er auf den Uferweg zu. In der einen Hand hielt er etwas Helles, zog es fast hinter sich her. Als er näher kam, konnte ich sehen, daß es eine tote Möwe war.

»Guten Tag«, sagte ich leise.

»Jemand hat sie erschossen.«

Er legte den toten Vogel behutsam, fast zärtlich vor meine Füße. Die grauen Augen unter dem fröhlichen Tuch waren wie ausgelöscht, auf der hohen wettergebräunten Stirn stand eine scharfe, tiefe Furche. »Haben Sie den Schuß gehört?« fragte ich, um etwas zu sagen.

Er schüttelte den Kopf. »Die machen das am Abend oder in der Nacht. Ich gehe manchmal direkt am Wasser entlang, auch heute, weiß selbst nicht warum. Sie lag halb im See. Ein schöner junger Vogel.«

Er hockte sich nieder und breitete die Flügel der toten Möwe aus. Sie wirkte noch lebendig, nur an einer Stelle gab es ein paar Tropfen dunklen Blutes zwischen dem weißen und grauen Gefieder.

»Die schießen einfach so«, sagte er, wie mir schien, ratlos. »Ich kann das nicht verstehen. Bringen einen herrlichen Vogel um und lassen ihn dann liegen, finden ihn vielleicht nicht einmal. Was sind das für Menschen?« Er faltete die toten Flügel wieder zusammen und hob die Möwe auf. »Ich bringe sie ins Museum«, fügte er, schon ruhiger, hinzu. »Dort werden sie sie ausstopfen, damit wenigstens die Kinder lernen, wie schön so ein Tier ist. Vielleicht hilft das.«

Immer noch war so viel Trauer in seiner Stimme, daß ich nicht recht wußte, was ich sagen sollte.

»Heute sind Sie sehr weit gelaufen«, bemerkte er in diesem Augenblick fast schon wieder im gewohnten Ton, »noch weiter als sonst. Wollen Sie nicht einmal mit mir rundherum gehen? Ich meine, rund um den ganzen See. Gestern ist ein Schwanenpaar hier angekommen. Dort drüben nistet es.«

»Ja«, antwortete ich, »rund um den ganzen See. Das wäre schön.«

»Ich muß jetzt gehen«, sagte er, »wegen der Möwe.«

Das klang wieder so traurig, daß ich es nicht fertigbrachte, vom Wegfahren zu sprechen. Als er schon ein paar Schritte weiter war, rief ich ihm noch nach:

»Das machen wir bestimmt einmal. Rund um den ganzen See.«

Er blieb stehen, wandte sich um und winkte mir mit seiner freien Hand.

Die letzte Nacht in Piešt'any. Ich schlief unruhig, was kaum mit Reisefieber zu erklären war, die Heimfahrt nach Prag stellte weiß Gott kein erregendes Abenteuer dar. Weitaus eher konnte es der Abschied von dem kleinen Ort sein, der mir in den wenigen Tagen sonderbar ans Herz gewachsen war. Mein gepackter, noch offen stehender kleiner Koffer, auf dessen Boden ein glänzender weißer Kieselstein lag, strömte herben Mandelduft aus. Am letzten Tag hatte ich mich mit den Leckerbissen der Alten auf der Hauptstraße eingedeckt.

»Drei Mandeln pro Tag und eine Handvoll Rosinen und getrockneter Apfelscheiben, und Sie bleiben jung und schön, selbst wenn es nicht mehr so ganz zu erwarten wäre«, hatte mir die alte Frau mit einem verschmitzten Lächeln in ihren jung gebliebenen Augen versprochen. »Bleiben Sie gesund, und kommen Sie wieder, so Gott will!«

Mit diesem frommen Wunsch machte ich mich am Morgen auf den Weg.

Der Zug stand schon vor dem kleinen Stationsgebäude. Das war gut, denn es wehte ein ziemlich eisiger Wind, der hier, am Fuße der Karpaten, schon merkbar den nahenden Winter ankündigte. Ich stieg in einen der Wagen, fand einen Fensterplatz und kauerte mich, in meinen Mantel gehüllt, in eine Ecke. Nach einer Weile ging die Tür des Abteils, in dem ich bisher ganz allein war, auf, ein Arm schob sich herein, ein Arm in einem schwarzen Samtärmel, und eine kräftige Hand, die den Griff eines Korbes umklammerte. Der Korb war mit einem geblümten Tuch bedeckt; darunter schnatterte es erregt.

»Sei still, Eliška! Wirst du wohl gleich ...«

Die Frau trat ein und grüßte freundlich. Sie war stattlich, trug einen schwarzen Rock und eine schwarze Samtjacke, auf dem Kopf hatte sie ein dunkelgrünes Tuch mit einer breiten, goldgestickten Bordüre. Sie wollte den Korb unter die Bank schieben, aber das stellte sich als schwierig heraus. Sein Griff war ziemlich hoch, und obendrein schnellte auch noch das geblümte Tuch jäh in die Höhe. Ein weißer Hals kam zum Vorschein, ein Paar fixe Äuglein, ein Respekt gebietender, orangefarbener Schnabel. Eliška zischte und kreischte und schien recht erbost zu sein.

»Sie ist es nicht gewohnt«, erklärte mir die Frau gleichsam entschuldigend, »reist zum ersten Mal. Gelobt sei Jesus Christus!«

»Guten Tag«, erwiderte ich und rückte ein wenig zur Seite, um ihr auf der nicht allzu breiten, mit grünem Kunstleder bezogenen Bank möglichst viel Platz zu lassen.

Ein junger Mann betrat das Abteil, grüßte kurz, setzte sich uns gegenüber in die Ecke, zog den Kopf zwischen die Schultern und schloß die Augen.

Die Frau hatte sich inzwischen behäbig niedergelassen, jetzt schneuzte sie sich und holte aus den Falten ihres Rockes ein großes weißes Tuch hervor. Sie schlug es auseinander und entnahm ihm einen rötlich-braunen Rosenkranz und ein leidlich abgegriffenes Gebetbuch. Dann lockerte sie ein wenig das Tuch auf ihrem Kopf, strich eine fast weiße Haarsträhne zurecht und wandte mir ihr breites freundliches Gesicht zu.

»Bald kommt die nächste Station«, sagte sie, obwohl sich der Zug noch gar nicht in Bewegung gesetzt hatte, »die darf ich nicht verpassen. Man wartet dort auf mich.«

»Sie werden gleich wieder aussteigen?« staunte ich.

Sie maß mich mit einem beinahe mitleidigen Blick.

»Kindchen«, begann sie betont geduldig, »ich fahre sehr weit, bis nach Prag, und dort steige ich noch um. Deshalb kommen mir die Nachbarn an der nächsten Station winken.«

In diesem Augenblick stieß die Lokomotive einen zischenden Laut aus, und der Zug verließ die kleine Stadt. Die Frau hielt den Rosenkranz in den Händen und blickte aufmerksam hinaus.

»Hinter diesem Berg«, sagte sie nach einer Weile zufrieden, stand auf und stellte sich ans Fenster, »jetzt kommt unser Dorf.«

Die Maschine verlangsamte ihr Tempo. Eine typisch slowakische Eisenbahnstation tauchte auf. Ein blau getünchtes Bahnhofshäuschen, kleine, von weiß gestrichenen Ziegelsteinen eingefaßte Blumenbeete auf dem kiesbestreuten Weg zwischen Haus und Gleisen. Der Zug passierte das alles im Schneckentempo.

Die Frau ließ das Fenster herab und rief: »Hier sind wir. Eliška ist ganz brav. Auf Wiedersehen, so Gott will!«

Draußen winkten Kinder, Frauen und zwei alte Männer, beide mit einer langen Pfeife.

Der junge Mann in unserem Abteil schlug die Augen auf. Allem Anschein nach wollte er die erwähnte Eliška sehen. Als er jedoch feststellte, daß außer ihm nur wir beiden Frauen da waren, döste er gleich wieder weiter.

»So«, sagte die Alte und ließ sich sichtlich zufrieden von neuem neben mir nieder. »Jetzt kommt bald der Felsen.«

»Dort wird wieder jemand winken?« fragte ich, um zu zeigen, daß ich bereits im Bilde war.

»Sie sind wohl nicht von hier?« bemerkte meine Nachbarin mit einem resignierten, aber verständnisvollen kleinen Seufzer, ohne auf eine Antwort zu reflektieren. »Der Felsen, den ich meine, hat seine Geschichte, meine Liebe, jeder weiß das. Jeder von uns.«

»Seine Geschichte?«

»Na ja. Als die Türken hier waren, das ist schon sehr lange her, wollte einer von ihnen ein schönes Mädchen rauben. Hat es auch getan, der Gottlose. Wollte sie dann auch noch zur Heirat zwingen und fortführen in sein Land. Aber das Mädchen hatte einen Liebsten hier und zog es vor zu sterben, als dem Heiden zu folgen. War ein frommes Mädchen und wurde deshalb auch von der Jungfrau erhört. Als es die Türken auf ein Pferd festbanden, um es fortzuschleppen, hat sich plötzlich ein Felsen in Bewegung gesetzt, ist zu Tal gerast und hat ihnen den Weg versperrt. Und so konnte der Bräutigam mit seinen Freunden die Räuber einholen und seine Braut befreien. – Hier«, rief sie lebhaft, »schauen Sie schnell aus dem Fenster, da ist er schon, der Felsen.«

Ein mächtiger Felsblock ragte aus einer Wiese empor, wie losgelöst, herabgewälzt von dem Berg hinter ihm. Ich war fast ein bißchen enttäuscht, keine niedergesäbelten Türken ringsum zu sehen.

»Als ich beim Militär war«, sagte der junge Mann auf der Bank gegenüber auf einmal und schlüpfte hinter seinem Mantel hervor, »da ist einer verrückt geworden und hat uns alle mit einer Pistole bedroht. Er war aus Púchovo, kannten Sie ihn nicht zufällig?«

Die Frau schüttelte den Kopf. »Nur unser Herr kennt alle Unglücklichen. Was ist mit ihm geschehen?«

»Er hat zwei erschossen«, fuhr der junge Mann in seiner düsteren Erzählung fort, »ich habe es selbst gesehen. Sie hatten dann ein Militärbegräbnis, und er selbst war auch tot.«

Die Frau bekreuzigte sich. »Es gibt viel Elend auf der Welt«, bemerkte sie, diesmal mit einem schmerzlichen tiefen Seufzer, »und alles kommt vom Krieg. Das ist die Strafe Gottes.«

Draußen zogen bewaldete Hänge vorbei, Schluchten mit Wasserfällen und Sturzbächen, einsame Hütten auf großen Weideflächen, Schafherden, Dörfer, die nur aus neuen Häuschen mit leuchtend roten Dächern bestanden, hölzerne Siedlungen mit unwahrscheinlich vielen Zigeunerkindern.

»Im letzten Krieg wurde wohl zum Schluß hier überall gekämpft«, sagte ich. »Der Aufstand gegen die Okkupanten brach doch auch in dieser Gegend aus.«

»Gott hält seine Hand über die Gerechten«, antwortete die Frau, blickte aus dem Fenster, schwieg eine Weile und erzählte dann mit derselben schlichten Überzeugung wie vorher über die Türken.

»Da kamen eines Abends drei, also drei von den Unseren, klopften an die Tür und baten meinen Mann, ob sie bei uns übernachten könnten. Wir hatten fünf Kinder, und mein Mann wußte, was die Faschisten fertigbrachten. Aber es goß in Strömen, und die drei sahen erbärmlich aus. Ein wenig später, in derselben Nacht, kamen noch einmal drei und sahen nicht besser aus. Da ließ er auch sie ein. Wir hatten unseren letzten Laib Brot im Haus und kein bißchen Mehl mehr. Aber das wußte nur ich. Sieben Männer und fünf Kinder um den Tisch, das war ohnedies zu viel. Ich machte eine Rübensuppe, und jeder bekam dazu eine Schnitte. Eine sehr dünne Schnitte. Ehe ich das Messer zum ersten Mal in das Brot stieß, habe ich ein Kreuz darüber geschlagen. Es ist unser letztes, allmächtiger Herr im Himmel, habe ich im Geist dazu gesagt, und was weiter wird, sei Dir befohlen.«

»Ja und?« fragte der junge Mann auf der Bank gegenüber ungeduldig, als sie eine kleine Atempause einlegte.

»Du siehst, ich lebe und bin nicht verhungert«, sagte die Frau ruhig und holte ein paar hartgekochte Eier und eine Flasche aus ihrem Korb. »Jetzt gehe ich mit Eliška auf Reisen. – Nehmen Sie einen Schluck«, sie hielt mir die Flasche hin, »Selbstgebrannter.«

Das Zeug brannte wie alle Feuer der Hölle.

Der junge Mann schien noch etwas sagen zu wollen, aber in diesem Augenblick hielt der Zug, und kurz darauf stiegen zwei Mädchen zu. Zwei hübsche Mädchen im Minirock. Die Frau streifte sie mit einem raschen Blick, fingerte an ihrem Rosenkranz und bewegte lautlos die Lippen.

»Woher, wohin?« fragte der junge Mann und war mit einem Mal ganz munter.

Die beiden sagten, sie studierten in Nitra, ganz in der Nähe, an der Hochschule für Landwirtschaft.

»Ihnen gefällt das?« fragte mich die Frau nach einer Weile leise und wies auf die hochgeschürzten schlanken Beine der Mädchen.

»Ja«, sagte ich, »sogar sehr.«

»Ihm auch«, lachte sie lustig und zeigte auf den jungen Mann. Dann griff sie abermals zur Flasche. »Na denn zum Wohl, Fräuleinchen!«

Wir nahmen rundum einen ordentlichen Schluck.

»Sind Sie Witwe?« erkundigte sich die Frau, nachdem sie eine Weile in ihrem Gebetbuch gelesen hatte.

»Ja, warum?«

»Haben Sie Kinder?« fuhr sie unbeirrt fort.

»Eine Tochter.«

»Eine Tochter!« Sie maß mich mit offensichtlicher Mißbilligung.

»Eine Tochter sind keine Kinder. Eine Tochter ist ein Kind. Ich habe drei Töchter und zwei Söhne. Alle im Ausland.«

»So? Wo denn?«

»Eine in Podmokly, eine in Budweis, zu der fahre ich gerade, eine in ...«

»Aber das ist doch alles in Böhmen«, wandte ich ein.

»Sage ich doch. Alle sind ins Ausland gegangen, nicht ein einziges von meinen Kindern ist bei mir in der Slowakei geblieben. Aber die Schwiegersöhne sind, Gott sei Dank, anständige Menschen, und die Schwiegertöchter sind auch ordentlich.«

Wir fuhren weiter und näherten uns der Stadt Brünn. Als

wir dort ankamen, sagte ich: »Ich will versuchen, mir auf dem Bahnsteig einen heißen Kaffee zu kaufen. Möchten Sie auch einen?«

»Kaffee?« wiederholte sie verächtlich. »Ich habe doch meine Flasche.«

Ich stieg aus dem Wagen. Plötzlich stand sie am Fenster und rief mir nach: »Bringen Sie mir auch einen, meine Gute. Mal sehen, was die hier in Mähren zusammenbrauen.«

Als ich mit den dampfenden Kaffeebechern ins Abteil zurückkam, war inzwischen noch eine Frau zugestiegen. Sie hatte einen Hut auf dem Kopf, und als sie den Mantel ablegte, kam darunter ein dunkles Kleid mit allerhand Verzierungen zum Vorschein. Allem Anschein nach ein Sonntagskleid.

»Ich war in Vsetín zu Besuch«, erzählte sie denn auch gleich, »mein Sohn, der dort in der Fabrik arbeitet, wurde gestern promoviert.«

»Jetzt ist er Hochwürden?« erkundigte sich die Alte neben mir interessiert und goß ein paar Tropfen aus ihrer Flasche in den Kaffee.

»Keineswegs«, antwortete die Frau mit Hut betont nachsichtig, »jetzt ist er Ingenieur.«

»Auch gut«, meinte die Frau aus der Slowakei friedlich, »Hauptsache, er ist ehrlich. Sind Sie Witwe?«

Die Frau mit Hut war es, und dieser Umstand half, das erste Mißverständnis zwischen den beiden schnell zu überbrücken. Bald kam allerdings ein neues auf.

»Sie beten wohl immer im Zug«, bemerkte die Frau mit Hut.

»Niemals«, erklärte die alte Slowakin fast erbost. »Nur nach dem Einsteigen und vor der Ankunft. Das hier«, und sie drückte das abgegriffene Buch leicht an ihren stattlichen Busen, »das ist kein Gebetbuch, sondern das Alte Testament. Das sollte jeder Mensch lesen, damit er im eigenen Leben Kain und Abel unterscheiden kann und David und Goliath erkennt und auf keinen Judas hereinfällt.«

»Gewiß«, sagte die Frau mit Hut, »da haben Sie recht. Aber ich interessiere mich mehr für Träume.«

»Für Träume?«

»Ja, sicher. Als mein Mann noch lebte, hat mir einmal von grünen Ringen geträumt, von vielen grünen Ringen. Als ich aufgewacht bin, habe ich es ihm erzählt, und er wollte wissen, was das zu bedeuten hat. Wir werden ein Kind kriegen, habe ich ihm damals gesagt, du wirst sehen, jetzt bekommen wir endlich ein Kind, und es wird ein Junge sein. Weil sie grün waren, die Ringe.«

»Was Sie nicht sagen! Ein Kind und aus grünen Ringen. Das habe ich noch nie gehört.«

»Warum nicht? Mein Mann ist inzwischen gestorben, und unser Sohn ist jetzt Ingenieur. Und noch etwas kann ich Ihnen sagen: Vor dem schrecklichen Erdbeben in Peru, alle Zeitungen haben damals darüber geschrieben, Sie erinnern sich vielleicht noch daran, also vor dem schrecklichen Erdbeben in Peru hat mir von einem großen schwarzen P geträumt. Die ganze Nacht, immerzu von einem großen schwarzen P. Ich wußte, daß das eine Katastrophe bedeutet, bloß warum gerade mit einem P, das konnte ich mir nicht erklären. Erst als es in Peru passiert ist.«

Der Alten neben mir schien die Traumdeuterei nicht recht zu behagen. Sie rückte unruhig hin und her und sagte schließlich beinahe böse:

»Das ist mir zu unbestimmt, grüne Ringe und schwarzes P. Am Ende hätte es noch, Gott verzeih mir die Sünde, ein Erdbeben in Prag bedeuten können. Jesus bewahre uns vor solchen Träumen!«

Die Frau mit dem Hut riß erschrocken die Augen auf.

»Seit ich Witwe bin«, gestand sie fast schuldbewußt, »habe ich eher schlimme Träume. Man ist eben allein und kommt auf dumme Gedanken. Aber andererseits träume ich jetzt nur selten, nur wenn wirklich etwas passieren soll.«

Wir fuhren weiter, und ehe der Zug mit uns in Prag eintraf, söhnten sich die beiden wieder vollkommen aus. Der Flasche mit dem Selbstgebrannten kam dabei das wesentliche Verdienst zu.

Allmählich schlängelte sich der Zug durch das Labyrinth

der Knotenpunkte und Weichenstellen bei der Einfahrt in den Prager Hauptbahnhof, und in unserem Abteil setzte die Aufbruchstimmung vor der Ankunft in der Endstation ein. Die Frau neben mir zog ihr prächtiges, goldgesticktes Kopftuch zurecht, die gegenüber zupfte eine Haarlocke unter dem Hutrand hervor. Der junge Mann half den beiden Mädchen in ihre kurzen Mäntelchen.

»So, meine Kleine«, sagte die Frau im Kopftuch, während sie Rosenkranz und Altes Testament in unsichtbaren Taschen zwischen den vielen Falten ihres weiten Rocks verstaute, »wir müssen uns beeilen, weil wir von einem ganz anderen Bahnhof weiterfahren und vorher doch noch in Prag eine Büchse von dem ganz feinen Kaffee kaufen wollen.«

Die Frau mit Hut blickte verblüfft zu ihr hinüber.

»Das sagen Sie mir?« fragte sie ein wenig pikiert ob des vertraulichen Duztons.

»Ihnen? Wieso? Wollen Sie etwa mit mir weiterfahren?«

»Das sind alberne Witze. Aber ich verstehe nicht ...«

»Eliška versteht mich, und das ist die Hauptsache«, sagte die alte Slowakin fröhlich, und ein pfiffiges Lächeln erhellte ihr breites Gesicht.

Ich schwieg belustigt, der junge Mann und die beiden Mädchen hielten in ihren Vorbereitungen zum Aussteigen inne und hörten aufmerksam zu. Es begann hier interessant zu werden.

»Eliška?« fragte die Frau mit Hut und machte eine Bewegung in der Richtung zum Fenster. »Sie werden in Prag von Ihrer Frau Tochter erwartet?«

»Die hat gerade Zeit für solche Dummheiten. Und außerdem heißt sie Marie.«

Die Alte schmunzelte, bückte sich und zerrte an dem bedeckten Korb, um ihn unter der Bank hervorzuholen. Dabei erwachte die Gans und schnatterte unter dem geblümten Tuch aufgeregt los. Die Frau mit Hut erstarrte zur Salzsäule.

»In Ihrem Alter«, sagte sie, als sie wieder zu sich kam, und ihre Lippen wurden dünn und gerade wie eine Rasierklinge,

»in Ihrem Alter finde ich solche Scherze auf Kosten von Mitreisenden gelinde gesagt weder höflich noch irgendwie amüsant.«

In diesem Augenblick gab die Lokomotive ihren letzten Pfiff von sich, und der Zug stand endgültig still. Die Alte aus der Slowakei nahm ihren Korb unter den Arm und lüftete ein wenig das straff gebundene Tuch. Ein weißer Gänsehals schnellte in die Höhe.

»Nichts für ungut«, sagte sie ruhig, aber in ihren Augen blitzte es fast übermütig, »böses Blut ruft böse Träume hervor. Gott bewahre, daß Ihnen heute nacht meine Eliška erscheint, schwarz wie ein Rabe und womöglich in grünen Ringen.«

Die Frau mit Hut griff wortlos nach ihrer Tasche, und ohne uns alle auch nur eines Grußes zu würdigen, verließ sie das Abteil.

Die Alte hob ihre Flasche hoch, schüttelte sie prüfend und stellte sie dann unter die Bank.

»Gelobt sei ...«

Sie blickte uns der Reihe nach an, winkte mit der Hand ab, lächelte uns zu und trat dann, ohne den Satz zu vollenden, gleichfalls auf den Korridor hinaus.

Ich langte schnell nach meinen Sachen, verabschiedete mich von dem jungen Mann und den beiden Mädchen und stieg auch aus.

Auf dem Bahnsteig konnte ich noch eine geraume Weile Eliškas aufgeregtes Schnattern hören.

Meine slowakischen Ferien waren zu Ende. Der Prager Alltag begann.